2021 ZUIMEI

最美职工

ZHIGONG

中共中央宣传部宣传教育局 编

学习出版社

图书在版编目（CIP）数据

2021最美职工 / 中共中央宣传部宣传教育局编.
-- 北京：学习出版社，2022.8
ISBN 978-7-5147-1156-1

Ⅰ. ①2… Ⅱ. ①中… Ⅲ. ①新闻报道－作品集－中国－当代 Ⅳ. ①I253

中国版本图书馆CIP数据核字(2022)第074600号

2021最美职工
2021 ZUIMEI ZHIGONG
中共中央宣传部宣传教育局　编

责任编辑：张　俊　朱仕娣
技术编辑：胡　啸

出版发行：学习出版社
　　　　　北京市崇外大街11号新成文化大厦B座11层（100062）
　　　　　010-66063020　010-66061634　010-66061646
网　　址：http://www.xuexiph.cn
经　　销：新华书店
印　　刷：北京新华印刷有限公司

开　　本：710毫米×1000毫米　1/16
印　　张：13.25
字　　数：148千字
版次印次：2022年8月第1版　2022年8月第1次印刷

书　　号：ISBN 978-7-5147-1156-1
定　　价：43.00元

前　言

在五一国际劳动节来临之际，中央宣传部、全国总工会向全社会公开发布2021年“最美职工”。他们是：中国航天科技集团有限公司运载火箭技术研究院CZ-2F运载火箭总设计师容易，中国宝武太钢集团山西太钢不锈钢股份有限公司技术中心首席研究员、教授级高级工程师李国平，国网内蒙古东部电力有限公司检修分公司锡林郭勒盟输电工区输电运检七班助理工程师、高级技师包文杰，上海医药集团股份有限公司中央研究院副院长、高级工程师夏广新，江西金力永磁科技股份有限公司坯料工序手动成型操作员温小珍，河南省新乡市农业科学院水稻研究所所长、研究员王书玉，湖北省武汉市公安局蔡甸区分局大集街派出所副所长燕占飞，怒江美丽公路股份有限公司总工程师、高级工程师马健，中国铁路北京局集团有限公司丰台机务段丰台运用车间“毛泽东号”机车组司机长、高级技师王振强，新疆铁道勘察设计院有限公司乌鲁木齐国际陆港区中欧班列集结中心工程EPC项目部。

这些“最美职工”都是2021年全国五一劳动奖章获得者或全国工人先锋号集体。他们常年扎根基层一线，有的努力为航天强国建设奉献巾帼力量；有的精于钻研，荣获国家科技进步奖；有的积极投身国家特高压输电线路重点工程建设和运维工作；有的承担国家多项重大医药课题研究；有的从农民工成长为车间“定海神针”；有的培育出我国黄淮稻区主导品种；有的主动请缨投身抗击新冠肺炎疫情武汉保卫战；有的参与和主持了上百座桥梁的设计；有的驾驶英雄机车续写新时代的骄人业绩；有的为我国企业“走出去”提供稳定的国际物流保障……他们在平凡岗位上做出不平凡的业绩，在实现中国梦伟大进程中拼搏奋斗、争创一流、勇攀高峰，用智慧和汗水营造了劳动光荣、知识崇高、人才宝贵、创造伟大的社会风尚，谱写了“中国梦·劳动美”的新篇章。

为以习近平新时代中国特色社会主义思想为指导，全面贯彻党的十九大和十九届历次全会精神，深入学习贯彻习近平总书记关于工人阶级和工会工作的重要论述，大力弘扬劳模精神、劳动精神、工匠精神，进一步讲好劳模故事、讲好劳动故事、讲好工匠故事，营造劳动光荣的社会风尚和精益求精的敬业风气，我们组织编写了本书，以加强职工思想政治引领，充分展示一线职工刻苦钻研、精益求精、追求卓越、创造一流的职业素养，激励全社会劳动者学习最美、争当最美，踔厉奋发、勇毅前行，以实际行动迎接党的二十大胜利召开，为实现中华民族伟大复兴的中国梦不懈奋斗。

2021

最美职工

contents

目　录

李国平

包文杰

夏广新

温小珍

王书玉

燕占飞

视频 · 链接

用心做好一件事
用手创造新生活

——2021 年“最美职工”综述（上）

◎ 易舒冉

诚实劳动、勤勉工作才能创造更加幸福美好的生活。为大力弘扬劳模精神、劳动精神、工匠精神，团结动员亿万职工为实现“十四五”规划目标任务贡献智慧和力量，以优异成绩迎接建党 100 周年，在五一国际劳动节来临之际，中央宣传部、全国总工会向全社会公开发布 2021 年“最美职工”先进事迹。

设计国之重器
造福一方百姓

俯瞰中国大地，一座座大桥跨越江河湖海、深山峡谷，变天堑为通途。怒江美丽公路股份有限公司总工程师马健是一位桥梁设计师，自参加工作以来，参与和主持了上百座桥梁的设计工作。金安金沙江大桥、龙江大桥、虎跳峡金沙江特大桥等高山峡谷间的桥梁都凝聚着马健的心血，它们连通了道路，连通了城市，也连通了老百姓的心。

修桥可不是一件容易的事，面对复杂的地形地貌和技术难点，马健带领团队发扬劳模精神，加班加点干，解决了钢箱梁运输、场地、吊装、焊接等一个又一个桥梁关键技术难题。马健经常说：“我们有挑战更复杂桥梁的勇气、经验和能力。”2020 年，马健开始负责云南省怒江美丽公路的总体设计工作。298 公里的绿道设计方案里，每一座桥梁、每一段路基、每一个驿站都是马健和同事在现场测量、设计出来的。“作为设计者，想办法降低工程量和造价，既能省钱，又能尽快造福一方百姓。”马健说。

同为设计师，中国运载火箭技术研究院总设计师容易全程参与了载人航天工程交会对接和空间实验室的所有任务，先后担任火箭系统逃逸安控负责人，发射现场火箭指挥及总设计师……每一个工作环节都需要掌握全面扎实的知识基础，需要沉着冷静的心理素质，更需要临危不乱的英勇果敢。

此外，容易还参与了我国重型运载火箭的研制工作。在重重考验面前，容易带领团队开展了基于构型的差异化运载能力设计余量精细化研究，弹道、动力、载荷和结构等多专业联合优化设计，从设计源头提高了重型运载火箭的任务适应性，取得了以 10 米箭体结构设计制造等为代表的一系列重大进展。同事们经常说，容易身上有一种勇攀高峰的精神，为航天强国建设提供了源源不断的力量。

关键时刻挺身而出
守护百姓生命安全

有这样一批人，他们在国家和人民需要的关键时刻挺身而出，用实打实的苦干和无私的奉献，默默保护人民的生命安全。

湖北省武汉市公安局蔡甸区分局大集街派出所副所长燕占飞利用工作时间和业余时间，走遍了辖区内的村湾社区，督促小区物业和企业单位雇保安、装监控，夯实人防、技防、物防基础，开展惠民讲座百余场。“我把辖区的居民记在心里，他们才能把我当成自家人。”燕占飞说。

在抗击新冠肺炎疫情期间，燕占飞得知分局要在火神山医院筹建警务室，立刻主动请战。燕占飞带领一支平均年龄不到 28 岁的突击队，昼夜坚守执勤，脚板磨出水疱，嗓子喊得嘶哑，雨雪浸透警服，每天步行超过 3 万步，为火神山医院如期建成贡献了公安力量。

燕占飞立足本职、埋头实干，把人民的生命安全切切实实放在了心里。做到这一点的，还有上海医药集团股份有限公司中央研究院（以下简称“上药研究院”）副院长夏广新。

2006 年博士毕业后，夏广新加入了上药研究院，立志做新药研发先锋者，为人类生命律动创造新支点。新药研发是个马拉松工程，15 年来，夏广新经历了无数个挑灯夜战，最终研发出国际认可的新型药物，在慢性肾病及炎症性肠病方面取得阶段性成果。

夏广新常对自己的团队成员说：“除了学知识，我们还要有一种不畏难、不退缩的科研精神；除了做项目，我们更要懂得做人，要努力把握住时代给予的机会和使命，更加勇敢自信地向前探索。”一分耕耘一分收获，夏广新共申请发明国内外专利 110 余项，其中 50 余项获得授权。目前，夏广新带领的药物研发团队正在推进心脑血管、肿瘤、自身免疫等重大疾病领域的 20 多项创新药物研发项目。

专注材料研发
对标世界一流水平

在中国宝武太钢集团山西太钢不锈钢股份有限公司有这样一名高级工程师，他说此生最大的幸事就是只做了一件事，而且做好了这件事。他就是从事不锈钢材料研发工作 20 余年的李国平。

不锈钢是日常生活、工业生产中常见的一种材料，李国平开发了双相、耐热、高氮等系列不锈钢，满足了石化、造船、核电、海水淡化等多领域需求，牵头编制不锈钢国家标准 3 项，有力推动了我国不锈钢技术进步。作为系列不锈钢产品开发的负责人，李国平注重“产学研用”有机结合，主动寻找客户的需求特征，做好技术配套服务。

不放过每一个细节，用更高的标准要求自己是李国平在工作中养成的习惯。李国平经常走进生产车间，亲手调整各类生产参数，搜集一手资料。“一分付出一分回报，没人干我们想办法干，然后再琢磨怎么干得更好，我对自己和团队有信心。”李国平说。

奋进新时代、开启新征程，必须依靠辛勤劳动、诚实劳动、创造性劳动。广大劳动者要以“最美职工”为榜样、标杆，在平凡的工作岗位上发扬无私奉献的精神，在劳动中追逐实现自己的中国梦。

《人民日报》2021 年 5 月 1 日

在平凡岗位做出不平凡业绩

——2021年“最美职工”综述（下）

◎ 易舒冉

他们是广大劳动者的代表，爱岗敬业、不畏艰苦，用汗水浇灌收获；他们开拓创新、锐意进取，为国家赢得荣誉……为大力弘扬劳模精神、劳动精神、工匠精神，团结动员亿万职工为实现“十四五”规划目标任务贡献智慧和力量，中央宣传部、全国总工会向全社会公开发布2021年“最美职工”先进事迹。

特高压输电线路运检是一项劳动强度大、危险系数高的工作。国网内蒙古东部电力有限公司检修分公司锡林郭勒盟输电工区输电运检七班技术员包文杰自入职以来，一直奋斗在运检工作第一线。在无人机巡检技术方面，他带领班组提出了人机协作、空间互补、横向分析、纵向对比的特高压输电线路新型巡视管理办法，编制了无人机巡检标准化指导书，使得特高压输电线路缺陷发现率提升20%以上。

在一次线路故障排查行动中，由于大雪封路，巡视人员需要徒步行进。包文杰拿着无人机走在前面为同事们蹚路，冻伤了双脚仍然坚持工作：“脚冻伤了不算什么，但排查故障关系着线路正常投运，这才是大事情。”

扎根基层的劳动者以奋斗姿态和越是艰险越向前的精神创造了更加美好的生活。江西金力永磁科技股份有限公司坯料工序手动成型操作员温小珍 2009 年从一个小山村来到城市，2012 年成为一名车间工人。

数十年如一日兢兢业业，温小珍练就了过硬的生产技术，积累了丰富的操作经验。机械设备有故障，她现场诊断排除故障；新员工不熟悉情况，她手把手传帮带。自工作以来，温小珍累计生产的模具数以万计，从无次品，亲手教出的车间生产骨干达 10 余人。温小珍还积极带动同村贫困户，跟着她进城务工的村民累计达 100 余人，分布在各行各业，实现了脱贫致富。2020 年 12 月，温小珍被国务院农民工工作领导小组授予“全国优秀农民工”荣誉称号。

铁路是我国重要的基础设施，也是国民经济的大动脉。广大铁路工作者在铁道线上，坚守岗位、默默奉献。

自 2005 年参加工作至今，王振强安全驾驶机车 1300 余趟。经过组织严格选拔、考核，王振强成为中国铁路北京局集团公司丰台机务段“毛泽东号”机车组司机长。为了练就过硬驾驶本领，王振强把规章制度熟记在心，依托创新工作室，围绕机车运用、列车操纵、故障处理等方面，带头研发出创新成果 10 余项，4 项成果获得国家专利，用“小创造”解决了安全生产的“大问题”。

新疆铁道勘察设计院有限公司乌鲁木齐国际陆港区中欧班列集结中心工程 EPC 项目部工作人员平均年龄仅 30 岁，在项目中他们管理施工企业20余家，设备供应商30余家，承担了乌鲁木齐国际陆港区中欧班列集结中心工程的设计、采购和施工等工作。项目部将技术和质量作为立身之本，依托技术优势，提出了设置货物装卸线、班列集结编发场、多式联运中心设施共享、海关监管作业区等配套设施的规划设计方案。集结中心工程建成开通运营后，由乌鲁木齐集结出发的中欧班列开行线路达21条，覆盖19个国家26个城市，累计开行4000余列。

农业现代化，种子是基础。河南省新乡市农业科学院水稻研究所所长王书玉参加工作36年来，一直从事水稻育种、成果转化和科技服务工作。

水稻育种枯燥且复杂，从整地、划区到播种、育秧，从田间管理、杂交授粉到收获、鉴定，工作贯穿全年，每一个环节都需要扎实的理论基础和实际操作经验。为了实现心中的“稻香梦”，王书玉经常天刚亮就下乡，天快黑了还在稻田里，将新品种、新技术推广到田间地头。36年来，王书玉先后主持育成了豫粳6号、新稻18号等国家审定水稻品种9个。据不完全统计，王书玉主持培育的水稻品种累计推广8700多万亩，总增产稻谷约44亿公斤。

拼搏奋斗、争创一流、勇攀高峰，“最美职工”们在平凡岗位上做出不平凡的业绩，用智慧和汗水，生动诠释了劳动最光荣、劳动最崇高、劳动最伟大、劳动最美丽的时代强音。

《人民日报》2021年5月1日

奋进新征程　劳动最美丽

——走近“最美职工”（上）

◎ 樊　曦　刘夏村

坚守岗位、争创一流，他们用责任和敬业之心做好每一份工作，用奋斗和奉献精神为新时代书写最美的注脚。

为大力弘扬劳模精神、劳动精神、工匠精神，讲好中国工人故事，中央宣传部、全国总工会向全社会公开发布 2021 年“最美职工”先进事迹。

不畏挑战　攻坚克难

全程参与载人航天工程交会对接和空间实验室的所有任务，3 次担任火箭系统逃逸安控负责人，3 次担任发射现场火箭指挥……

她是中国运载火箭技术研究院总设计师、研究员级高级工程师，名叫容易。可是，从事的工作并不容易。

她带领研制团队反复试验验证，对我国下一代运载火箭的重大关键技术开展攻关。在她的主导下，团队开展了基于构型的差异化运载能力设计余量精细化研究，弹道、动力、载荷和结构等多专业联合优化设计，智慧火箭的技术探索，从设计源头提高了重型运载火箭的任务适应性，并形成了重型运载火箭的总体方案和系列化型谱，取得了以 10 米箭体结构设计制造等为代表的一系列重大进展。

李国平是中国宝武太钢集团山西太钢不锈钢股份有限公司技术中心首席研究员。多年来，他主持了双相不锈钢、耐热不锈钢及高氮不锈钢等新品开发和应用推广，在关键技术方面取得突破，成绩突出。

双相不锈钢具有高强度、良好的耐腐蚀性及优越的焊接性能，是不锈钢持续发展的重要方向。此前，国内应用的双相不锈钢产品主要来自进口，价格昂贵。李国平带领团队潜心钻研，持续攻关，在国内率先形成不同氮含量、不同性能级别的双相不锈钢板、管、棒、线等系列产品，性能达到国际同类产品的先进水平。

爱岗敬业　精益求精

包文杰是国网内蒙古东部电力有限公司检修分公司锡林郭勒盟输电工区输电运检七班技术员。入职短短 4 年来，他凭着一股干劲和钻劲，全心投入特高压输电线路运检事业。

特高压输电线路运检是一项高劳动强度并存在高度危险的工作。凭借着对无人机巡检工作的不断摸索总结，包文杰带领班组提出了人机协作、空间互补、横向分析、纵向对比的特高压输电线路新型巡视管理办法，还提出了无人机 U 形巡视、分组巡视理论，编制无人机巡检标准化指导书。这些巡视方法使得特高压输电线路缺陷发现率提升 20% 以上，保障了我国江苏、山东等地区内蒙古特高压线路外送电力的稳定供应。

数十年如一日，温小珍用自己的勤劳努力，从一名仅有初中文化水平的农民工，成长为江西金力永磁科技股份有限公司生产车间的成型压机操作能手。

兢兢业业的工作，让她练就了过硬的本领。操作成型压机，将坯料制作成模具，别人一天只能完成 1200—1300 个，她能完成 2000 个，是车间的生产能手。

车间现场，温小珍就是定海神“珍”。机械设备有故障，她现场诊断排除故障；设备操作有异常，她调试修理保障生产；新员工不熟悉情况，她手把手传帮带……她说，车间哪里有需要，她的工作岗位就在哪里。自工作以来，她累计生产的模具数以万计，从无次品。

不忘初心　勇于担当

燕占飞是湖北省武汉市公安局蔡甸区分局大集街派出所副所长。在抗击新冠肺炎疫情期间，他是武汉火神山医院警务室的一位责任民警，一直奋战在抗疫最前沿，用使命和担当践行疫情在前、公安当先的铮铮誓言。

得知分局要在火神山医院筹建警务室，他主动请战到医院警务室工作。医院开工当晚，他和警务室的全体民警、辅警 24 小时泡在工地和马路上，不分昼夜承担交通疏导、巡逻值守等工作。医院正式接收病人后，燕占飞和同事们保卫医院及周边86个日夜，守护2900余名患者治愈出院，实现了交通零事故、治安零发案、医患零纠纷。

王振强是中国铁路北京局集团公司丰台机务段“毛泽东号”机车组司机长。2020年，面对突如其来的新冠肺炎疫情，身为“毛泽东号”司机长的他，第一时间把机车组成员组织起来，召开党员大会，面对党旗庄严宣誓，郑重写下“请战书”。

“毛泽东号”担当的Z1/2次旅客列车作为丰台机务段唯一穿越湖北、经停武昌的列车，疫情防控压力可想而知。王振强详细制订了12项防护措施并严格执行，带领机车组15人连续3个月不回家，班组成员轮流换岗，常住单位备班，为赢得湖北保卫战、武汉保卫战的全面胜利积极贡献力量。

他所在的“毛泽东号”机车组是全国铁路的一面旗帜。截至2021年2月，“毛泽东号”机车已连续安全走行1151万公里，相当于绕地球288圈。

新华社北京2021年4月29日电

奋进新征程　劳动最美丽

——走近“最美职工”（下）

◎樊　曦　刘夏村

爱岗敬业、甘于奉献，他们是广大劳动者的杰出代表，是奋进新时代的优秀典型。

为大力弘扬劳模精神、劳动精神、工匠精神，讲好中国工人故事，中央宣传部、全国总工会向全社会公开发布2021年“最美职工”先进事迹。

心怀梦想，万里稻香惠农民

王书玉是河南省新乡市农业科学院水稻研究所所长、研究员。他从小就有一个梦想，“让父老乡亲有吃不完的粮食”。参加工作30多年来，他一直从事水稻育种及其成果转化和科技服务工作，一步步向梦想迈进。

从开始水稻育种研究的那天起，王书玉1/3的时间在试验田，

1/3 的时间在实验室，1/3 的时间在农民家、在农田里。

功夫不负有心人。30 多年来，王书玉先后主持育成了新稻 18 号等国审水稻品种 9 个，新稻 22 等省审水稻品种 7 个，并创造了多项河南省第一。其中新稻 18 号填补了河南省自育超级稻品种的空白，为目前我国黄淮稻区主导品种。

王书玉最开心的有两件事：一是把自己变成了农民——天天待在地里；二是把很多农民变成了自己——懂得科学种田。看到老百姓脸上洋溢着丰收的喜悦，王书玉觉得，所有的付出都值得。

迎难而上，云岭天堑变通途

他叫马健，是怒江美丽公路股份有限公司总工程师，也是云南省桥梁专家和技术带头人。

在马健参与设计的桥梁中，龙江大桥是云南首座千米级桥梁，也是国内第一座高地震烈度区山区千米级大桥和钢箱梁悬索桥。当时，山区桥梁普遍采用技术成熟的钢桁架，但龙江大桥位于高地震烈度区，钢桁架重量大，如突发地震，极易受到影响。马健团队没有现成的参考实例和参考图纸，敢不敢试？敢不敢闯？

马健和团队决定进行钢箱梁方案的比选。无数次研讨，许多个通宵，他和团队开展专项研究，最终解决了钢箱梁运输、场地、吊装、焊接等关键技术难题，产生了国内首次山区悬索桥钢箱梁技术创新。

16 年间，他先后参与和主持了上百座桥梁的设计，成绩斐然：金安金沙江大桥是世界最大峡谷悬索桥，虎跳峡大桥是世界最大独塔悬索桥，龙江大桥是亚洲山区最大钢箱梁悬索桥……

“咬定”目标，新药研发矢志不渝

夏广新是上海医药集团股份有限公司中央研究院（以下简称“上药研究院”）副院长、药物设计技术总监。自 2006 年博士毕业加入上药研究院以来，他用坚定的信念、过硬的专业、持续的行动在浩瀚的科研海洋探索，在创新药物领域获得阶段性成果。

新药研发是个马拉松工程，需要持续专注投入，需要保持高度严谨的态度。2006 年，夏广新成为上药研究院 I001 号第一个新药研发项目的参与者。整整 15 年，他和这个项目紧紧联系在一起。

这是一款以肾素为靶点的新型抗高血压药物。常规研发是在几百个化合物中筛选，而夏广新团队的 I001 项目筛选了 3000 多个化合物，经过 5 年反复推倒重来，才选定 SPH3127 作为候选药物。

无数个挑灯夜战，基于对科学的专注积累，基于对目标的执着追求，夏广新心怀北斗，始终坚守科研一线。目前，SPH3127 已完成高血压适应症的 Ⅰ 期和 Ⅱ 期临床研究，表现出良好的有效性和安全性，顺利进入 Ⅲ 期临床研究。

投身建设，打造“一带一路”样板工程

21 条中欧班列线路，运输网络通达 20 余个国家和地区，出口产品达 200 多个品类……这是乌鲁木齐国际陆港区中欧班列集结中心的“成绩单”。

从图纸变为现实，背后是一个建设团队的付出，它就是新疆铁

道勘察设计院有限公司乌鲁木齐国际陆港区中欧班列集结中心工程EPC项目部。

项目部共有核心成员35人，平均年龄30岁，其中22名党员，在项目中他们辐射管理施工企业20余家，设备供应商30余家，统筹组织建造施工、装备制造等各类人员3000余人，承担了乌鲁木齐国际陆港区中欧班列集结中心工程的设计、采购、施工全过程。

集结中心工程占地面积960亩。项目工期紧、设计难度大、施工难度高，加班加点成为常态。短短90天，EPC项目部投入施工人员2000余人，设备1000余台（套），完成16.5公里轨道和44组道岔铺设，320万方土方开挖，在零下18摄氏度的风雪天气下完成道岔拨接，创造了令人惊叹的“陆港速度”。

集结中心建成后，新疆经济发展进一步搭上“一带一路”发展的快车道，真正使新疆从原来内陆“口袋底”变成向西开放前沿门户，也使新疆成为丝绸之路经济带上开放型产业高质量、规模化发展新的增长极。

新华社北京2021年4月29日电

走近 2021 年“最美职工”

——他们用勤劳双手创造美好明天

◎任　欢

他们，立足本职、爱岗敬业，在平凡岗位上做出不平凡的业绩；他们，扎根基层、默默奉献，展现了中国工人阶级的时代风采。

为大力弘扬劳模精神、劳动精神、工匠精神，中央宣传部、中华全国总工会向全社会公开发布 2021 年“最美职工”先进事迹。

扎根一线铸恒心

操作成型压机，将坯料制作成模具，别人一天只能完成 1200—1300 个，可江西金力永磁科技股份有限公司生产车间成型压机操作能手温小珍，却能完成 2000 个。

兢兢业业的工作，让温小珍成了车间的定海神“珍”：机械设备有故障，她现场诊断排除；设备操作有异常，她调试修理；为了帮助车间新员工快速上手，温小珍一对一地对他们进行指导，在不耽误自身生产的前提下，帮助 30 余名员工迅速掌握了机器操作方法……

“车间哪里有需要，我的工作岗位就在哪里。”温小珍是这么说的，也是这么做的。自工作以来，她累计生产的模具数以万计，从无次品。

湖北省武汉市公安局蔡甸区分局大集街派出所副所长燕占飞，在抗击新冠肺炎疫情期间，始终奋战在最前沿，用使命和担当践行疫情在前、公安当先的铮铮誓言。

得知分局要在火神山医院筹建警务室，燕占飞主动请战。医院开工当晚，为确保从全国各地赶来的 4000 余辆车、7500 余名工人以及大量建筑设备有序入场，他和警务室的全体民警、辅警 24 小时泡在工地和马路上，不分昼夜承担交通疏导、巡逻值守等工作。火神山医院正式接收病人后，燕占飞又和同事们保卫医院及周边 86 个日夜，守护 2900 余名患者治愈出院，实现了交通零事故、治安零发案、医患零纠纷。

武汉保卫战结束后，燕占飞放下荣誉，继续投身日常的纠纷化解、打击破案、防范宣传等公安工作。他有一句口头禅：“我把辖区的居民记在心里，他们才能将我当成自家人。”

精益求精重创新

国网内蒙古东部电力有限公司检修分公司锡林郭勒盟输电工区输电运检七班技术员包文杰入职 4 年来，仅记录的学习笔记就有 19 本之多，全部摞起来有半米高。

特高压输电线路运检是一项高劳动强度并存在高度危险的工作，

其中无人机工作更是需要体力和脑力的全力配合。经过不断摸索总结，包文杰带领班组提出了人机协作、空间互补、横向分析、纵向对比的特高压输电线路新型巡视管理办法，还提出了无人机 U 形巡视、分组巡视理论，编制无人机巡检标准化指导书。这些巡视方法使得特高压输电线路缺陷发现率提升 20% 以上。

如今，包文杰共主导、参与创新项目 7 项，其中特高压输电线路综合巡视技术的研发等成果还获得了各级创新奖项，大大节省了特高压线路运维工作运行成本。

中国铁路北京局集团公司丰台机务段“毛泽东号”机车组司机长王振强，他所在的“毛泽东号”机车组，如今已是全国铁路的一面旗帜。

多年来，王振强依托创新工作室，围绕机车运用、列车操纵、故障处理、节支降耗等方面，带领机车组成员积极开展技术改造、革新。针对列车管连接时，连接角度经常出现偏差造成连接困难的问题，他与机车组成员经过 10 多个版本的选择、改良、试验，制作出一种新型的风管连接角度转换器，使风管连接处实现 360 度旋转，有效解决了列车管连接的安全隐患问题。

在与创新工作室成员的共同努力下，王振强带头研发出一种便携式机车石英砂回收装置等创新成果 10 余项，用小创造解决了安全生产的大问题。

勇担使命守初心

河南省新乡市农业科学院水稻研究所所长、研究员王书玉从小就有一个梦想，“让父老乡亲有吃不完的粮食”。

为了早日实现这一梦想，从开始水稻育种研究的那天起，王书玉就将自己的时间用“三分法”来分解——1/3 的时间在试验田，1/3 的时间在实验室，1/3 的时间在农民家、在农田里，30 多年来从未改变。

这些年来，令王书玉最开心的有两件事：一是把自己变成农民——天天待在地里；二是把很多农民变成了自己——懂得科学种田。他在做好科研工作的同时，一直坚持向稻农传授技术，提供技术指导服务，解决技术难题。为了尽可能多地向农民普及技术，他经常天刚亮就下乡，天黑了还走在稻田里。

功夫不负有心人。王书玉先后主持育成了新稻 18 号等国审水稻品种 9 个，新稻 22 等省审水稻品种 7 个，并创造了多项河南省第一。其中新稻 18 号填补了河南省自育超级稻品种的空白，为目前我国黄淮稻区主导品种。

在上海医药集团股份有限公司中央研究院（以下简称“上药研究院”）副院长、药物设计技术总监夏广新眼中，新药研发是个马拉松工程，短则七八年，长则超过 20 年，需要把心静下来专注投入，需要对科学保持高度严谨的态度。

2006 年，夏广新成了上药研究院 I001 号第一个新药研发项目的参与者，这是一款以肾素为靶点的新型抗高血压药物，常规研发是在几百个化合物中筛选。而夏广新团队的 I001 项目筛选了 3000 多个化合物，经过 5 年反复推倒重来，才选定 SPH3127 作为候选药物。目前，SPH3127 已顺利进入Ⅲ期临床研究。

在研究院，夏广新就如一支燃烧的火炬，给团队成员照明方向、带来温暖和力量。他常说："除了知识，我们更要有一种科研精神。"如今，夏广新正带领团队潜心探索，勇做新药研发先锋，造福人民。

《光明日报》2021 年 4 月 30 日

最美职工

容 易

ZUIMEI
ZHIGONG

为航天强国建设奉献巾帼力量

容易，土家族，1978 年 10 月出生，中共党员，博士学位，现任中国航天科技集团有限公司运载火箭技术研究院 CZ-2F 运载火箭总设计师、国际宇航科学院通讯院士、全国妇联常委、中国运载火箭技术研究院运载总体技术首席专家、中国航天科技集团公司学术技术带头人。享受国务院政府特殊津贴，被评为国家高层次人才特殊支持计划青年拔尖人才，获中国科协求是杰出青年成果转化奖、首都精神文明建设奖，获中央企业劳动模范、全国三八红旗手荣誉称号。

容易全程参与了载人航天工程交会对接和空间实验室的所有任务，3 次担任火箭系统逃逸安控负责人，3 次担任发射现场火箭指挥。获得胜利的她并没有停步，在中国从航天大国迈向航天强国的征程中，她选择了接受新的更大的挑战。作为重型运载火箭副总师，她带领研制团队对我国下一代运载火箭的重大关键技术开展攻关。开展了基于构型的差异化运载能力设计余量精细化研究，为运载能力科学留取余量提供了重要参考。开展总体弹道、动力、载荷和结构等多专业联合优化设计，精细化给出了发动机推力调节的最优时机和调节幅度，优化了箭体结构重量，为保证运载能力及运载效率奠定了坚实基础。开展了智慧火箭的技术探索，从设计源头提高了重型运载火箭的任务适应性。形成了重型运载火箭的总体方案和系列化型谱，取得了以 10 米箭体结构设计制造等为代表的一系列重大进展。

全国总工会宣教部供稿

最重的褒奖，是每一次的成功

◎ 陈俊宇

取名为容易，却选择了一份极不容易的事业——航天事业。

在载人航天工程交会对接和空间实验室任务中，容易参与执行全部任务：3 次任火箭逃逸安控负责人、3 次任发射现场火箭指挥……从业 10 多个年头，她与火箭的故事有很多。

容易现任中国航天科技集团公司运载火箭技术研究院（简称火箭院）长征二号 F 运载火箭总设计师。工作在运载火箭总体设计一线的她，长期参与重型运载火箭总体方案设计，开展重型运载火箭型谱设计，带领研制团队开展大直径箭体结构、大型地面试验技术等重大关键技术攻关，践行着航天人探索浩瀚宇宙、建设航天强国的使命担当。

如今，容易是中国航天科技集团学术技术带头人和火箭院运载总体技术首席专家，国家高层次人才特殊支持计划青年拔尖人才，获得军队科技进步二等奖等荣誉。近日，她荣获全国五一劳动奖章。

担起重任

偌大的会议室里，年轻的女总师容易打开话筒，向严格的评审团和业界同行点头微笑，打开反复打磨的报告，她讲起了那枚深爱的火箭。

如数家珍地介绍火箭研制、条理清晰地回答评委疑问……掌声响起来，评审顺利通过。她参研的长征二号 F 火箭即将执行又一次载人航天任务。

2001 年国防科技大学本科毕业，2006 年清华大学工学博士毕业，2008 年 3 月博士后出站，容易如愿成为火箭院总体设计部一名火箭设计师。专业能力强又踏实勤恳的她，很快崭露头角。2009 年，她挑起长征二号 F 火箭故检逃逸总体设计的重任，负责火箭故障检测判据制定。

◆ 容易在发射场与火箭合影

载人航天，人命关天。故检和逃逸两大系统是为保障航天员生命安全而专门研制的，也是载人火箭特有的系统。故检逃逸总体设计的岗位就是负责火箭故障检测判据的制定，是确保航天员安全的根基。

啃书本、做笔记、向前辈请教，容易像一棵茁壮成长的小树不断吸收养分。在进度紧、难度高、工作量大等多重客观条件下，容易加班加点，用最短时间掌握了故检判据理论等核心知识。她还创新了整流罩分离时效故障模式判别方法，改进了姿态角信息出现异常情况下的判据处理方法，大幅提高了故障判断的可靠性和航天员的安全性。

2012 年 6 月 16 日，长征二号 F 火箭又一次发射成功，我国首位女航天员刘洋受到全世界瞩目。成功的消息传来，容易热泪盈眶。

从火箭研制、运输、发射，一道道流程就是一个个关卡，只有步步精准才能确保最后那千钧一刻的完美收官。在重重考验面前，容易和同事们一次次向祖国和人民交上了满意答卷。

“重量级”考验

一个清秀的女博士，人们很难把她和重型火箭联系起来。

重型运载火箭规模和能力更大，数千吨重的重型火箭要怎样设计？没有人了解。采用传统手段、应用传统知识，无法获得优化方案。

“重量级”火箭带来“重量级”考验，经过大量探索，容易决定带队跨专业跨系统集成优化方案。这时，丰富的求学经历给了她知识和理论支撑：国防科技大学发动机设计专业知识、清华大学气固两相流课题经验、火箭院总体设计部博士后载人登月运载系统技术途径论证探索……

每次遇到几乎迈不过去的坎儿，每次夜深人静苦思无解时，她都会让自己静下心，从全局审视问题，找到新的思路和方法。

在5年的攻关中，容易带领团队开展了基于构型的差异化运载能力设计余量精细化研究，开展了总体弹道、动力、载荷和结构等多专业联合优化设计，开展了智慧火箭的技术探索，采用任务目标分级的模式，通过故障诊断、控制重构、弹道重规划等技术手段，从设计源头提高了重型运载火箭的任务适应性，形成了重型运载火箭的总体方案和系列化型谱，取得了以10米箭体结构设计制造等为代表的一系列重大进展，拓宽了重型运载火箭发展通路。

通过系统完备的锤炼，练就了过硬技术本领，容易从一名航天的学习生，发展为航天的实践者，成长为航天的探索人。

锻造“铁军”

技术上是能手，党建工作中容易也是干将。在担任重型运载火箭副总设计师时，她还兼任总体设计部总体设计室党总支书记。怎样让技术硬实力和党建工作相辅相成、相互促进，是她一直在思考的问题。

载人航天，责任如山，运载火箭总体室肩负着引领运载火箭和航天发展的使命，担负这样的责任和使命需要一支强有力的队伍。容易深知航天精神和航天文化的重要性，为此持续在党支部开展文化建设。

几年来，她把业务工作和党建工作融会贯通，形成了理念、行为、传播 3 个层次载体的文化体系，保障了组织的和谐稳定发展，带出了一支能打硬仗的“铁军”。

在面临持续的高密度发射和高强度研制任务形势下，容易在文化建设的过程中，通过开展形式多样的活动促进文化落地，使得每位职工把组织的文化理念印刻在脑海里，融入血液里，落实在行动上。在中组部组织的党支部书记培训班上，容易作专题交流发言，她的创新方法深受与会人员认可。

如今，容易又转战到载人空间站建设工程中，担起了载人运载火箭总设计师的重任。

尽管获得诸多荣誉，容易更看重的是载人航天工程任务百分之百成功，是祖国的强大和人民的自豪——那是她心中最高的褒奖。

《工人日报》2021 年 5 月 6 日

长征二号 F 运载火箭总设计师：容易

搭载神舟十二号载人飞船的长征二号 F 遥十二运载火箭发射成功，顺利将 3 名航天员送入太空，在央视新闻的现场直播中长征二号 F 火箭总设计师引发网友关注，她的名字叫容易。容易接受采访时说这次是她第一次担任这个岗位，火箭发射成功是整个航天团队的功劳。

虽然名叫“容易”，但每一次坐镇指挥场她都会感到非常紧张，在容易看来，航天是一个高科技同时高风险的行业，每一次发射都是重大挑战，“如履薄冰、如临深渊”这 8 个字深深地刻印在每一个航天人的脑海中，必须周到细致、严肃认真地做好每一份工作，因为很可能差之毫厘就谬以千里。“载人航天，人命关天，保证宇航员安全可靠地进入太空，是每一个从事载人运载火箭研制人员身上担负的使命和责任。”这一直警醒着她在平时的工作中要更加严、慎、细、实。

容易，2001 年国防科技大学本科毕业，2006 年毕业于清华大学，获工学博士学位，工作后全程参与了中国载人航天工程交会对接和空间实验室的多次任务。容易十分自豪地感慨：“我非常幸运，我从事的这一项工作跟祖国的繁荣昌盛和民族的复兴紧密地联系在一起，我非常感恩能够进入这一行业，能够生活在这么美好的时代，国家有这么多重大工程，让我们有机会去探索浩瀚的宇宙。”

容易曾将火箭比作蜡烛，燃烧自己，把飞船、卫星送到更远更高的地方去。

《中国妇女报》2021 年 6 月 18 日

全国五一劳动奖章获得者、航天科技集团一院 CZ-2F 型运载火箭总设计师容易——容易与不容易

◎伊　宣

容易，2001 年国防科技大学本科毕业，2006 年毕业于清华大学，获工学博士学位，2008 年 3 月博士后出站，现任航天科技集团一院某型运载火箭总设计师、国际宇航科学院通讯院士、全国妇联常委。可以说，容易是实现航天强国梦征程中的一位杰出的巾帼代表。

工作期间，容易曾获军队科技进步二等奖 1 项，授权专利 6 项，受理专利 6 项，在国内外学术期刊和会议上发表科技论文 30 余篇，现为一院运载总体技术首席专家、集团公司学术技术带头人，享受国务院政府特殊津贴，获中国科协求是杰出青年成果转化奖、首都精神文明建设奖，获中央企业劳动模范、全国三八红旗手荣誉称号。

◆ 容易在“科技创新、奋斗有我”活动中发言

虽然名字叫容易，她参与的工作可不那么容易。据了解，容易全程参与了载人航天工程交会对接和空间实验室的所有任务，每次发射都意味着迎接一场“大考”；3 次担任火箭系统逃逸安控负责人，3 次担任发射现场火箭指挥，容易的职责之重、压力之巨可想而知。从火箭研制、运输到发射，一道道步骤就是一个个关卡，只有步步精准才能确保最后那千钧一刻的完美收官。在重重考验面前，容易和同事们奋斗前行，在风霜雪雨中自信绽放，一次次向祖国和人民交上满意的答卷。

获得胜利的容易并没有放慢脚步，而是选择接受新的更大的挑战。作为重型运载火箭副总师，她带领研制团队对我国下一代运载火箭的重大关键技术开展攻关。

重型运载火箭的规模和能力基本上是长征五号的数倍，采用传统的手段、应用传统的知识无法给出优化的设计方案。为此，容易带领研制团队开展了基于构型的差异化运载能力设计余量精细化研究，为运载能力科学留取余量提供了重要参考；开展了总体弹道、动力、载荷和结构等多专业联合优化设计，精细化给出了发动机推力调节的最优时机和调节幅度，通过弹道优化，从设计源头大幅降低了传统轴向载荷，从而优化了箭体结构重量，为保证运载能力及运载效率奠定了坚实基础；开展了智慧火箭的技术探索，采用任务目标分级的模式，从设计源头提高了重型运载火箭的任务适应性；取得了以大尺寸箭体结构设计制造等为代表的一系列重大进展。

如今，容易又转战到载人空间站建设工程中，接过载人运载火箭的总师责任，用女性特有的细腻与敏锐、耐心与执着，带领团队在航天强国建设的征程中奋勇前行。

《中国航天报》2021 年 5 月 21 日

最美职工

李国平

ZUIMEI

ZHIGONG

不锈钢的世界很精彩

李国平，中共党员，硕士研究生，正高级工程师，入选国家“万人计划”创新领军人才，国家“863”项目首席、享受国务院政府特殊津贴专家，中国青年科技奖、首届国家杰出工程师鼓励奖、青年三晋学者获得者。李国平多年来主持了双相不锈钢、耐热不锈钢及高氮不锈钢等新品的开发和应用推广，在关键技术方面取得突破，成绩突出。

有强烈的事业心、责任感，工作上严格要求自己，积极上进，获得山西省特级劳动模范、山西省担当作为干部、山西省劳动竞赛个人一等功、山西省国有企业百名道德模范、山西省国资委优秀共产党员、太钢特级劳动模范、太钢优秀共产党员标兵等荣誉称号。

李国平专业技术能力强，有较高的团队组织协调及创新能力，主持并完成了一项国家“863”项目，参与了国家“973”“国家科技支撑”“国家重点研发计划”以及山西省科技创新等项目。获得国家科技进步二等奖 1 项，国家重点新产品奖 1 项，省部级科技进步一等奖 3 项、二等奖 9 项，牵头编制不锈钢国家标准 3 项，冶金青年科技奖，被评为“十二五”中国钢铁工业先进科技工作者、三晋英才高端领军人才、山西省学术技术带头人、山西省优秀科技工作者、太原市青年科技人才等。

作为系列不锈钢产品开发的负责人，利用 SBU（战略经营单位）的模式，发挥产学研用有机结合，一是面向生产，制定生产工艺。二是面向市场和客户，进行产品实物对标，寻找差距，不断优化；积极调研市场，发现客户的需求特征，推荐不锈钢在相关领域中的应用，同时做好技术配套服务。

双相不锈钢是奥氏体与铁素体以接近 1∶1 的比例共存，具有高强度、良好的耐腐蚀性及优越的焊接性能。年需求量在多领域呈逐年递增态势，此前国内应用主要来自进口。

李国平在国内率先形成不同氮含量、不同性能级别的双相不锈钢板、管、棒、线等系列产品，性能达到国际同类产品的先进水平，代替进口，连续多年国内市场占有第一，引领国内双相不锈钢发展。

◆ 李国平在观察不锈钢表面质量

李国平的研发成果，包括率先开发双相不锈钢的微合金化技术，实现了低温韧性与高温强度的合理匹配；氩氧炉氮气的合金化技术，实现了氮含量在不同范围的精确控制；双相不锈钢冶炼超低氧与夹杂物控制技术；等等。

在拓展应用领域，李国平研发的双相不锈钢复合板成功用于长江三峡、紫坪埔、向家坝等大型水利工程；通过了英、德、法、美、挪威等国外船级社认证，大批量应用于世界上最大吨位、最先进、制造难度最大的双相不锈钢化学品船；批量用于国家 AP1000 核电机组重要构件的制造；经济型双相不锈钢中卷板用于国内最大的浙江石化海水淡化项目；等等。通过了壳牌、BP 等国际知名公司的认证，成功进入国际市场，在阿曼天然气集气管线大规模使用；螺纹钢筋首次用于港珠澳大桥建造，板材用于湿法冶金领域和瑞典城市步行桥项目，超级双相不锈钢用于制造船用脱硫洗涤塔，推动了海上运输环保升级；同时在轨道交通、建筑幕墙、罐箱等多领域也得到成功应用。

全国总工会宣教部供稿

“再多坚持一下，也许就能突破”

◎ 刘建林　黄传宝

“双相不锈钢就像我的孩子。”谈起自己生产的产品，李国平有些动情，“这堆冷冰冰的钢板，在我心中是有生命、有温度的。”

一身蓝色的工作服，忙碌的身影穿梭在生产现场、实验室、研讨会议室之间。20 多年来，双相不锈钢从无到有再到精，李国平精心培育，用情怀和执着，诠释着一名钢铁人在科技创新中的担当。

双相不锈钢因其具有高强度、良好的耐蚀性、焊接性及低成本等显著优势，逐步被市场认可。随着客户对各项性能要求不断提高，李国平带领团队攻克一个又一个难题，先后开发的双相、耐热、高氮等一系列资源节约型高性能不锈钢，填补了国内空白。

近两年，天然气管线用双相钢新的技术条件比过去更加严格，李国平和团队对成分进行了重新设计，对工艺也进行了优化。经过团队不断努力，2021 年年初，高标准的双相不锈钢满足了市场需求，还得到了客户的赞扬。

1995 年，李国平大学毕业后进入太钢四轧厂，1998 年调入太钢钢研所，成为一名科研人员——参与项目是自己从未接触过的不锈钢领域。

“我每天和师父下去跟班，抄现场的生产记录，几乎把全部流程工艺都抄了回来。那时候对钢种不了解，每天趴在单位宿舍背钢种，着急得不行。”李国平回忆道。

李国平参与的第一个项目是开发用于长江三峡工程的双相不锈钢复合材料。当时，这种材料对于太钢来说还是新品种。他能参与其中，得益于自己的知识储备。

扎实的理论基础，加上在实践中不断摸索，1999 年，李国平所在的团队研发的双相不锈钢复合材料成功运用到长江三峡工程中，这也是双相不锈钢复合板首次运用在水工领域。

从此，李国平和双相不锈钢结下不解之缘。

2007 年，他参与研发的国内第一艘 9000 吨级双相不锈钢船板实现国产化。

2017 年，世界最大吨位 4.9 万吨级化学品船用钢项目中标。化学品船的特殊性对所用钢材的质量要求极为苛刻，制造难度极大。但李国平认为，困难与机遇并存，于是在技术协议上签下了自己的名字。

“当时这个项目质量标准要求太高，没人愿意碰，各种条件特别严格，但我们咬着牙拿下来了。”李国平对此记忆犹新，“事实上，有些事情也许就取决于坚持，你再多坚持一下，也许真的就能突破了。”事实证明，通过该项目带动了其他产品的质量升级和管理提升。

从不锈钢复合板到双相、耐热、高氮等特种不锈钢，李国平二十多年如一日地坚守在不锈钢多品种研发和工艺技术研究一线，先后开发出一系列资源节约型、高性能的不锈钢新品种，填补多项国内空白，取代进口，满足了我国水利工程、石油化工、海水淡化、造船等多行业的需求。

李国平认为，创新本身就是从无到有。“有些品种国内没有，我们就要把它国产化。搞产品创新和技术创新，对于科研人员来说就是本职工作。”

2021 年，李国平荣获全国五一劳动奖章。他说，在收获荣誉的同时，也更加坚定了自己在科研道路上勇往直前的决心。“既是荣誉更是责任，要以更高更新的标准要求自己”。

《工人日报》2021 年 5 月 7 日

太钢李国平：不锈钢就像我的孩子

◎ 孙耀星

“这个奖章对我来说是很大的激励，往后唯有继续努力，才能配得上这份荣誉！”中国宝武太钢集团技术中心首席研究员、教授级高级工程师李国平说道。作为全国五一劳动奖章获得者，李国平二十多年如一日，坚守在不锈钢品种研发和工艺技术研究一线，先后开发了双相、耐热、高氮等一系列资源节约型、高性能不锈钢，填补了国内空白，满足了石化、造船、核电、海水淡化等多行业需求。他用全身心的努力诠释着一个太钢人对科技创新发展的担当。

勤奋获认可

眼前的李国平一身蓝色工装，一副黑边眼镜，脸上带着敦厚谦和的笑容。如果不细看工装上的名字，你很难把这个朴实的形象和首席研究员、教授级高级工程师、全国五一劳动奖章这些“高大上”

的头衔联系起来。

李国平 1995 年毕业于包头钢铁学院，最初分配至太钢四轧厂，1998 年调至钢研所，从事不锈钢研究工作。为了尽快熟悉业务，李国平每天和师父去生产现场跟班，再把现场的生产记录以及全部流程工艺都抄回来。在当时的李国平看来，那些一长串一长串的数据跟火车皮一样绵延不绝，但他硬是咬紧牙关每天坚持在单位宿舍背笔记。

功夫不负有心人。一段时间之后，李国平渐渐对这些钢种驾轻就熟。扎实的理论基础，再加上实践中的摸索让他的进步一日千里。1999 年，李国平所在团队研发的双相不锈钢复合材料成功运用到长江三峡工程中。2007 年，他参与研发的国内第一艘 9000 吨级双相不锈钢船板实现国产化。2017 年，世界最大吨位 4.9 万吨级化学品船用钢项目李国平团队又中标。

2018 年，国际海事组织对船舶提出了史上最严苛的硫排放指标，许多大型船舶必须新增脱硫设备，而脱硫设备需要用一种超级双相不锈钢。由于以李国平为首的太钢双相不锈钢研发团队生产出来的产品具有高强度、良好的耐腐蚀性、优越的焊接性能等优点，以及大幅度减少了贵重金属 Ni 的使用，实现了低成本与高性能的完美统一，太钢双相不锈钢成为众多船舶企业抢购的热销品。

严谨铸品质

从事不锈钢研发 20 多年的李国平坦言，不放过任何一个细节和现场，处处严谨，就是他的成功秘诀。“我对我自己有一个要求，就是每一个新的品种、每一个新的过程或者节点，我都必须亲自在现场。超级双相不锈钢的优点很多，但是生产难度和技术难度也非常大。”李国平介绍，超级双相不锈钢在热加工的时候最容易边缘开裂，如果发生开裂，一卷钢就全部报废了。因此，在超级双相不锈钢生产的每一个环节，他都要在现场，一边观察一边调整参数。在热轧厂一天下来，他总是满头大汗，灼热的高温让他的眼镜腿都变软了。

李国平笑言，自己在工作上有强迫症，做任何事情都有自己的一套思路并且要严格执行。和他一起工作了十几年的同事卫争艳说：“平时给他汇报材料，即使下了班他也会连夜改出来，给我的都是密密麻麻的修改意见。”事无巨细的操心虽说很累，但李国平却说自己觉得挺有成就感。

以梦为马，不负韶华。正是由于这种“较真”的科研精神，让李国平将自己研发的产品打造成了“金字招牌”。

◆ 李国平在热连轧跟踪测试带钢温度

付出终有回报

现在，由李国平主持研发的双相不锈钢已形成具有国际先进水平的系列产品，先后在三峡工程、港珠澳大桥等国家重大工程项目建设中得到广泛应用，在水利、石化、造船、核电等领域独树一帜，引领了国内双相不锈钢在高端领域的发展。高合金耐热不锈钢及高性能节 Ni 型稀土耐热不锈钢，高氮不锈钢板材、线材，均取得了重大突破。

凭借多年的努力，李国平也先后荣获中国青年科技奖、首届国家杰出工程师鼓励奖等十几项荣誉，入选国家“万人计划”创新领军人才，获得国家、省部级科技成果奖 12 项，获得授权发明专利 10 项，还牵头编制了 3 项不锈钢国家标准。2021 年，他又获得了全国五一劳动奖章以及由中宣部、全国总工会评选的 2021 年“最美职工”……

在李国平看来，不锈钢产品就是他的一个孩子，他时刻关注，并全力付出。虽然一路走来很艰辛，但这份真情却与日俱增，一直激励着李国平努力工作、不断进步……

《太原晚报》2021 年 5 月 4 日

情系不锈钢

——全国五一劳动奖章获得者、太钢技术中心不锈钢首席研究员李国平

◎ 申文丽

新时代是奋斗者的时代。2021 年 4 月 27 日，在人民大会堂召开的全国五一劳动节表彰会上，太钢技术中心不锈钢首席研究员李国平被授予全国五一劳动奖章。在中宣部、全国总工会向全社会公开发布的 2021 年“最美职工”中，李国平光荣入选。获得这些至高荣誉，都因李国平和他的团队在双相不锈钢研发领域取得的骄人业绩。

从 1998 年开始接触双相不锈钢，李国平就带着他的团队，像极了执着的“打井人”，坚韧执着，持续发力，最后他的这口“井”自然打得又深又好。

这些年来，李国平先后获得中国青年科技奖、首届国家杰出工程师鼓励奖、青年三晋学者等十几项荣誉，入选三晋英才高端领军人才，享受国务院政府特殊津贴，他主持和参与的课题中，获国家、

省部级科技成果奖 12 项，授权发明专利 10 项，牵头编制不锈钢国家标准 3 项，这些荣誉可谓实至名归。

“双相不锈钢就像我的孩子，我从事双相不锈钢 20 多年，对它的感情越来越深。虽然面对的是‘冷冰冰’的钢板，但在我心目中，它们都是有温度有生命的。”李国平说。

之所以对双相不锈钢情有独钟，用李国平的话说，人世间那些最朴实的语言充满了哲理，对他自己的影响也是最深的。

“宝剑锋从磨砺出，梅花香自苦寒来。”这句话就写在李国平随身带着的笔记本上。他认可这句话，特别是那个“苦”字。1995 年，李国平从包头钢铁学院毕业来到太钢，被分配到了当时条件比较艰苦的四轧厂，每天倒班干活，让李国平对“苦”字有了更深刻的感悟：人必须能吃苦、肯吃苦，才能有所作为。在厂里的那些日子，李国平坚持学习钻研各方面知识，虽然很累，但没有虚度时光。

1998 年，在轧钢一线干了 3 年的李国平被调到当时的钢研所从事产品研发工作。面对新的环境和要求，李国平废寝忘食，刻苦钻研，迎接新的挑战。

“热爱坚持，坚持热爱。”这么多年，这句话一直激励着李国平，让他在不断探索技术奥秘的过程中，培养出对双相不锈钢浓厚的兴趣和炽热的感情。研发虽苦，但李国平乐在其中。

袁隆平院士讲，成功的秘诀是知识、汗水、灵感、机遇。李国平对此深有感触。能够在太钢不锈钢这个平台上施展才能、有所作为，他一直说自己很幸运。其实，与其说李国平选择了双相不锈钢，不如说是双相不锈钢选择了李国平，因为他有足够多的准备。

随着钻研的日益深入，李国平对双相不锈钢的特性也更加了解，往往在关键时候敢定事、敢打事。一次，双相不锈钢板在轧制过程中出现了表面椭圆形封闭缺陷，李国平认真分析原因，探寻机理，当即提出更换产线的想法。他的意见经采纳后，双相不锈钢轧制效果出奇地好，表面缺陷问题一下就得到了解决。

李国平分析问题一针见血，解决问题讲究效率。在李国平眼中，问题也是一种财富，解决问题才能走向成功。在他办公室的柜子里，整齐地码放着一整堆小钢片。这都是在出现质量问题时，取样回来分析后留下的。

他说，很多东西在书本上是学不到的，在工作的过程中才会遇到，有时对某个品种没有认识，就可能引发质量问题。留下这些钢片，有一种纪念意义，就是每当看到它们都能更加促进自己细致周到地考虑问题。凡事要尽可能地多想，仓促上阵就会有隐患。

一个人的力量是有限的，团队的协同力战斗力是突破难题的关键，这也是他多年来一直致力于打造团队的原因。好多人都觉得在李国平手下干活挺难，因为他要求严。“我对自己要求严格，对团队也非常严格。给自己定的标准高，也就高标准要求团队。我觉得我可能有点强迫症，不放过每一个细节。”李国平说。

时代在变，对双相不锈钢的要求也在变。面对国内外客户越来越高的要求，常规的工艺控制、成分体系往往要重新设计。最近，李国平和他的团队因双相不锈钢成功批量供货国外集气管线项目，获得了用户的赞誉。在工艺变革的大背景下，他们需要付出更多的努力。

从长江三峡工程到港珠澳大桥，从世界最大吨位化学品船到国内最大海水淡化工程，太钢双相不锈钢独树一帜，赢得广泛赞誉。

李国平说，双相不锈钢就像一棵树，历经自己和团队 20 多年的悉心栽培，希望它根基越来越厚实，枝繁叶茂，硕果累累。如今，太钢加入中国宝武大家庭，承担起了新的重大历史使命。他和他的团队，一定能够坚持面向市场，面向现场，团结协同，不断拓展双相不锈钢的新市场、新需求，为打造全球不锈钢业引领者奉献全部力量。

《太钢日报》2021 年 5 月 19 日

最美职工

包文杰

ZUIMEI
ZHIGONG

发扬匠人精神　千里守护特高压

包文杰，蒙古族，1994 年 12 月生，中共党员，大学本科，现任国网内蒙古东部电力有限公司检修分公司锡林郭勒盟输电工区输电运检七班技术员。入职 4 年来，先后获得国家电网公司技术能手、内蒙古自治区五一劳动奖章、内蒙古自治区技术能手等荣誉。

刻苦学习　岗位成才

包文杰自入职以来就对输电线路运检事业展现了浓厚的兴趣，恰逢特高压输电线路重点工程的高速推进，使他在实践当中不断得到锻炼，不论是理论知识储备积累，还是输电线路运检工作高空登塔、走线他都能一一完成。入职 4 年来他记录的学习笔记有 19 本之多，全部摞起来足有半米高。随着工作的深入，包文杰逐渐在无人机巡检技术方面崭露头角。凭着牢固的理论技能基础他一举取得了内蒙古自治区首届无人机竞赛第一名、国家电网公司首届无人机竞赛二等奖的成绩，还先后获得了国家电网公司技术能手、内蒙古自治区五一劳动奖章、内蒙古自治区技术能手的荣誉。

包文杰

爱岗敬业 精益求精

特高压输电线路运维工作是一项高强度并存在高度危险的工作，其中无人机工作更是需要体力和脑力的全力配合。无人机类似于汽车，现场实际使用的参数由于环境原因相较于官方提供的数据有一定的偏差，且各品牌、类型的无人机存在较大的不同，其中无人机抗风、抗寒两项参数对于线路运检工作尤为重要。为了搞清楚市面上繁杂的无人机哪一个更适用于特高压线路巡检使用，每当有新机型包文杰便顶着大风、冒着严寒外出测试无人机，无人机巡检作为一项高精度需求的工作，戴着手套操作会影响操控灵敏性，存在一定的安全隐患，他便坚持光着手操作。凭借对无人机巡检工作 4 年的摸索总结，包文杰带领班组提出了人机协作、空间互补、横向分析、纵向对比的特高压输电线路新型巡视管理办法，还提出了无人机 U 形巡视、分组巡视理论，编制无人机巡检标准化指导书，这些巡视方法使得特高压输电线路缺陷发现率提升 20% 以上，保障了我国江苏、山东等地区内蒙古特高压线路外送电力的稳定供应，为我国电网发展道路作出了重要贡献。

基础筑牢后，包文杰渐渐明白创新才是一个行业发展的不竭动力。他积极投身创新工作，一有空闲就拉着同事探讨专业发展及阶段瓶颈，从中寻找专业发展的新道路、新方法。入职 4 年来他共主导、参与创新项目 10 余项，其中特高压输电线路综合巡视技术的研发、构建安全智慧互联巡检模式促进企业提质增效等 4 项成果获得了内蒙古自治区、国家级创新奖项，大大节省了特高压线路运维工作运行成本。

冲锋在前　无私奉献

输电线路大部分都建设在野外，一条特高压线路跨度更是可达上千公里，因此运维工作经常要面临气候、地势的考验。在 2020 年冬季的一次线路故障排查工作中，由于大雪封路，车辆行驶困难，在离目标点几公里处便需要巡视人员徒步行进。包文杰拿着无人机走在前面为后面人员蹚出一条路，经过上午两个多小时的排查，终于找到了故障点，返回车上才发现自己的脚已经被冻伤，他却笑着说，这对一名特高压线路运维者来说不算什么，如果此次故障无法准确排查，线路便无法正常投运，这才是大事情！

不论工作还是生活，他积极帮助身边的同事、朋友，甚至是陌生人，积极参加志愿服务活动。自身总结的经验也从不吝啬，4 年来他累计开展班组培训讲堂 100 余次，为公司无人机整体技能技术水平提高作出了突出贡献。有人讨教问题，他帮忙解答；有人资金遇到困难，他第一时间慷慨解囊；有人受到不公待遇，他第一时间站出来伸张正义。2020 年新冠肺炎疫情发生后，本应在春节期间休假的他主动申请参与到值班队伍中来，早早投入一线工作，连续一周冒着冬日的风雪为输电线路稳定运行保驾护航，只为保证疫情防控期间的电力稳定供应。

包文杰为特高压输电线路运维无人机巡检工作的发展作出了重要贡献，始终以忘我的工作热情和认真的工作态度持续守护着内蒙古特高压输电线路。

全国总工会宣教部供稿

“一线工人要不断学习不断进步”

◎ 李玉波

2021 年 4 月 17 日 9 时，在内蒙古自治区锡林浩特 1000 千伏哈胜 I 线春检现场，国网内蒙古东部电力公司锡林郭勒盟输电工区无人机班组成员，启动两架长航时无人机，开始全自动智能巡检。

这是蒙东电力首次在春检中使用无人机对特高压线路开展全自动智能巡检，也是国网蒙东电力探索无人机智能巡检应用的成果之一。

国网蒙东电力无人机智能巡检的开展离不开一个人——90 后包文杰。4 年来，他从基层一线电力员工成长为国家电网技术能手，从输电运检七班技术员成长为高级技师。他先后被授予国家电网公司技术能手、内蒙古自治区技术能手等荣誉称号，近期又获得了全国五一劳动奖章。

熟悉包文杰的人都知道，这一切绝非偶然。他极富工作热情，默默奉献在生产一线。

练就过硬基本功

2016 年 9 月，包文杰从东北电力大学毕业入职国网蒙东电力，成为特高压线路运维的一线工人。

他时常彻夜钻研，多渠道努力拓宽知识面，记录的学习笔记有 19 本。随着工作的深入，他逐渐在无人机巡检技术方面崭露头角。

2017 年，国家电网公司举行首届无人机竞赛，包文杰通过层层选拔代表国网蒙东电力参加比赛。他连续 3 个月白天练习无人机操控，晚上学习理论知识，最终获得了个人二等奖的好成绩。

2018 年，内蒙古自治区举行首届“中国梦·劳动美”无人机竞赛。他带队参赛，经过近两个月的训练，取得了第一名的佳绩，团

◆ 包文杰和同事对“五站五线”新能源汇集工程验收

队另两名成员分获第三名、第七名。“没有完美的个人，但有完美的团队。”包文杰说。

探索创新巡视方法

目前，国网蒙东电力运维管理“四交三直”特高压线路、6座特高压变电站，线路总长约1500千米，是国家电网系统内运维特高压最多的省级电力公司之一。该公司管辖的特高压线路均位于人烟稀少地区，线路沿线多为沙漠、草原等特殊地形地貌，地域跨度广、气候恶劣，人工登塔走线风险高、效率低。

由于特高压交直流输电线路具有塔高、金具种类繁多、空间位置复杂等特点，传统的输电线路巡视工具和方法已不能满足工作需求。包文杰开始摸索特高压输电线路无人机巡视方法，反复研究，寻找最合适的拍摄角度、光照设置。

4年多时间，包文杰拍摄的特高压线路照片达3万余张。每一张他都会仔细查看，不断改进总结经验。经过不懈努力，他带领班组提出了人机协作、空间互补、横向分析、纵向对比的特高压输电线路新型巡视管理办法，还提出了无人机U形巡视、分组巡视理论，编制无人机巡检标准化指导书。这些探索使得特高压输电线路缺陷发现率提升20%以上，保障了我国江苏、山东等地区内蒙古特高压线路外送电力的稳定供应。

“时代在快速变革，技术发展一日千里。一线工人要不断学习、不断进步，进行技术创新。”包文杰说，希望更多人参与到创新工作中来。

包文杰带领同事先后参与创新项目 10 余项，其中，特高压输电线路综合巡视技术的研发、构建安全智慧互联巡检模式促进企业提质增效等 4 项成果获得了自治区、国家级创新奖项，大大节省了特高压线路运维工作运行成本。

输电线路大部分建在野外，一条特高压线路跨度可达上千公里，运维工作经常面临气候、地势等考验，包文杰长期在这样的环境下工作。2020 年冬季，一次线路故障排查中，大雪封路，车辆无法继续行进，巡视人员需要蹚雪徒步才能到达目的地。包文杰便拿着无人机走在前面蹚出一条路，经过两个多小时的排查终于找到了故障点，返回车上他才发现自己的脚已经被冻伤。他却笑着说："这不算什么，如果故障无法准确排查，线路无法正常投运，才是大事！"

《工人日报》2021 年 5 月 8 日

全国五一劳动奖章·包文杰：智巡特高压，中宣部表彰

2021 年 4 月 27 日，全国五一劳动节表彰大会在北京隆重举行。27 岁的包文杰作为杰出的青年代表走上领奖台，被授予全国五一劳动奖章。包文杰的人生之路，让我们看到了电力一线工人成长成才的闪光足迹。

为进一步弘扬劳模精神、劳动精神、工匠精神，日前，中共中央宣传部、中华全国总工会联合发布 2021 年“最美职工”先进事迹，国网蒙东电力员工包文杰获此殊荣。

4 月 30 日，在 2021 年“最美职工”发布仪式上，包文杰讲述了自己岗位成才、奋斗圆梦的故事。

4 年多时间，包文杰从内蒙古特高压最普通的一线员工迅速成长为国网蒙东电力最年轻的全国五一劳动奖章获得者。国家电网公司技术能手、内蒙古自治区技术能手、内蒙古自治区五一劳动奖章、全国五一劳动奖章等多项荣誉是他扎根一线、踏实肯干的见证；中国设备管理协会、内蒙古自治区质量管理协会一等奖等 10 余项科技

创新项目，是他 4 年多来用智慧和汗水培育出的累累硕果。

到最能发挥专业作用的地方去

毕业季时，许多企业向包文杰抛出了橄榄枝，然而这些橄榄枝却并未被包文杰揽下。他说，“在我眼里，握住鲜绿的橄榄枝，不如回家乡种好一片沙蒿”。

包文杰是内蒙古人，对于职业前景的选择，包文杰是坚定而勇敢的——他一向对自己有非常客观的剖析：一方面，他学电力出身，他与电力就仿若最亲密的老友；另一方面，身为一名电力系统的学生，深刻地了解电力在国民经济中起到的基石作用。

内蒙古自治区跨越东北、华北和西北，有着特殊的地理优势和资源优势。近年来，国家电网公司积极推进“两个转变”，构建内蒙古能源开发格局，统筹利用区内资源，提升能源保障水平。因此，建设和建好内蒙古境内“四交三直”特高压工程，已成为电网发展的大势所趋，而包文杰正是乘着时代的风帆充实到特高压的新生力量。

在特高压前线摸爬滚打

毕业后，包文杰背着行囊来到了内蒙古特高压建设的主战场。刚一入职，他和新同事们就面临着巨大的挑战。

2014 年 5 月，国家能源局提出加快推进大气污染防治行动计划 12 条重点输电通道建设规划，经过两年的建设，锡林郭勒盟—山东 1000 千伏特高压交流输电工程和代表当时国际高压直流输电技术最高水平的 ±800 千伏锡林郭勒盟—泰州特高压直流输电工程即将投运。

工程验收阶段，特高压队伍严重缺员，即使特高压团队全员投入、不辞辛苦，也依旧面临着验收“难产”的危险。作为特高压的新生力量，包文杰和同事们承载着线路顺利验收的希望，这也就意味着，他们必须在短时间内从一个初出校园的青涩少年迅速成长为可以投入特高压一线的有生力量，为即将投运的特高压项目注入新的动力和血液。

从“零技能”菜鸟到操作“达人”，包文杰仅用了一年。为了走好自己选择的这条路，包文杰天天缠着前来帮扶的专家东问西问；只要一有空，包文杰便会拿出一本边缘已经起皱的小本子，那上面记载着锡盟地区特高压及配套电源线路的所有数据。他说：“把这些线路都刻在心里了，工作才更有底气。”他用了一个月时间把 1000 多项参数烂熟于心，也为后来从事智能巡检业务工作打下了坚实的基础。

转型做“机长”

2017 年，对包文杰而言可谓意义重大。这一年，正逢国家电网公司无人机人才体系建设工作全面铺开、网罗人才之际。包文杰通过层层选拔，最终代表国网蒙东电力参加国家电网公司举办的无人机竞赛并取得了个人二等奖的成绩。

比赛的优胜是一个好的开始。2018 年起，包文杰牵头开展锡盟地区智能巡检领域业务。在蒙东特高压的电网布局中，线路在线监测系统和无人机自动巡检系统分别扮演着“天眼”和“机动部队”的角色。9 个人的团队却承担着 20 万平方公里的智能设备管理职责，平日里的工作强度自不必说，在特高压大发展时期，包文杰和他的团队恨不得一份时间掰成两份用，在这样的日子里，每天加班到晚上八九点已是常态，每一个双休也都埋头伏在工作桌前，全部献给了特高压的建设。

内蒙古无论在地形地势、气候环境上都是全中国独一份儿的，因此，在无人机自动巡检领域很难找到相关的经验借鉴。包文杰便带领团队，以足为尺、以手为墨，亲自丈量着内蒙古独特的地理气候环境。4 年多时间，他们利用无人机拍摄了 30 万张特高压输电线路的照片，并大幅扩充了无人机缺陷资料库的规模，为输电线路缺陷自动识别系统研发提供了数据支持。此外，包文杰和他的团队，还结合各阶段无人机应用的新理论、新设备、新技术运用，编制了一套完整科学的特高压架空线路无人机巡检作业技术指导和无人机标准作业卡，并在实践中得到了正确性和先进性的检验和证明。

这一套作业标准的建立，为蒙东无人机标准化作业打开了新局面，使无人机飞行过程中的管理安全问题一一落实解决。无论是领导审查，还是同事问询，包文杰俨然已经从“十万个为什么”变成了特高压团队里人人信赖的“万事通”。

创新、创效有绝招

2019 年，是 1000 千伏哈胜、马胜、欣胜 3 条特高压配套电源线路的投运元年，经过了长时间的磨砺，包文杰和他的团队也在无人验收领域有了新的进步。

在特高压的无人机飞手之间流传着这样一句话："生死 20 分钟。"在内蒙古的冬天，大雪和大风的高寒天气是常态，然而对于无人巡检来说，则是一场巨大的灾难：一方面，无人机电池对温度非常敏感，遇上极端的寒冷天气，往往飞不到十几分钟，无人机便会一头栽倒，直接罢工；另一方面，为保证无人机的精准操作，飞手即使是在寒冬，也只能戴着露出拇指的手套，在天寒地冻的野外，手指很快就被冻得失去知觉。根据塔型不同，完成一基特高压线路杆塔精细化巡视需要 10—20 分钟，且对操作人员技能水平要求较高，而这样的恶劣环境显然不能满足人员工作需求。而无人机巡检又可以弥补地面巡视的验收死角和缺陷，必要性和重要性使得解决无人机巡视的问题迫在眉睫。

◆ 包文杰教授同事无人机操作

面对即将到来的冬季验收，一个个难题并没有让包文杰和团队退缩，他用自己的专业知识积极探寻新的节省成本、快速高效的解决办法。那一段时间，包文杰和同事们反复计算分析、深入现场调查研究，与主流设备制造厂家进行技术交流，思考制订可行性解决方案。最后提出的解决方案是在原来生产配套车辆上挖掘潜力，将长轴宽体箱式客车作为平台，通过对车辆进行模块化改装，打造一个移动的“机巢”为电池保暖，并配备无人机自主巡检功能实现一人操控多机。同时，充分利用车载空间，兼做车载指挥中心，现场对飞行数据进行处理。

项目设计完成开始施工，按说这时包文杰已经完成任务，不用再操心了。然而包文杰偏偏坐不住，“这是整个团队设计出的项目，我希望车辆生产出来是最符合我们预期又最有用的”。带着这样的想法，只要一有空，包文杰便会去工厂现场盯进度，从功能规划到计算参数，从项目设计到出厂验收，包文杰全过程、全方位地保证了车辆质量的落实。

2019 年 12 月，无人机移动航母项目正式投入验收现场。自此，车辆变成了无人机“航空母舰”。有了“航空母舰”，雪地巡航自然如虎添翼。自此，从巡检任务下达到巡检数据上传，整个作业过程采用智能化操作，进一步解决了无人机续航和冬季人工操作不易的问题，推动了智能化验收新进程，极大降低了人员操作要求门槛及作业强度，25 分钟内可完成 4 基杆塔精细化巡视，工作效率提高 2—3 倍，有效地保障了户外复杂条件下作业的可行性。

作为公司的专业技术骨干，包文杰先后参与了 10 多个公司重大科技、工程项目，提出了 20 余项提高无人机作业能力、智能化巡检能力的实用新技术、新思路，在大电网安全、稳定运行中发挥了重要作用。

将近 5 个春秋，包文杰俨然从初出茅庐的青涩小伙成长为特高压独当一面的领头人。而回顾这 4 年多的时光，包文杰也感慨良多，“看着蒙东特高压电网从无到有，心里很有成就感，有的时候也累，但是睡一觉就好了，快乐总是比累多的”。包文杰还告诉我们，从 4 年多前背包来到锡盟，他就一刻也没有动摇过自己对电力工作的热爱，现在，他只期待锡盟能源基地更好的明天。

《国家电网报》2021 年 5 月 6 日

青春路上的别样风景

——记全国五一劳动奖章获得者包文杰

◎赵　娜

“适应时代发展要求，争做高素质的追梦人。立足工作岗位，干一行爱一行，钻一行精一行……”在内蒙古自治区五一劳动奖表彰大会上，全国五一劳动奖章获得者包文杰的发言字句铿锵。

27 岁的包文杰是国网内蒙古东部电力有限公司检修分公司锡林郭勒盟输电工区输电运检七班的技术员。入职 4 年多来，这个 90 后小伙子便完成了从基层一线电力员工到国网蒙东检修公司劳动模范再到国家电网技术能手的蜕变。

取得这些成绩绝非偶然。在同事们的眼中，包文杰是个典型的“拼命三郎”，他以单位为家，凭着一股干劲和钻劲，全身心投入特高压输电线路运检事业，不断突破自己。

特高压输电线路运检是一项难度大、风险高的工作，常常要在距离地面几十米的高空中“踏线而行”，在电力行业素有“刀尖上跳舞”之称。

平步百米铁塔，横穿特高压，对今天的包文杰而言已经驾轻就熟。相比之下，第一次爬塔的他却并没有这么游刃有余。“过去，我一直觉得自己的胆子挺大的，但第一次徒手攀爬上去还是很忐忑。”包文杰憨厚地笑着说，“既然选择了这个工作，就要担负起这个责任。”

在2020年冬季的一次线路故障排查工作中，由于大雪封路车辆行驶困难，距目标点几公里外便需要巡视人员蹚雪徒步行进。为保证大家的安全，包文杰第一个拿着无人机走在前面为大家蹚出一条“路”。

无论作为一名普通的线路检修工人还是工作负责人，包文杰一路走来，总是能以积极的态度解决工作中遇到的困难，从不退缩，每一步都得到大家的充分认可。

在工作中思考，在思考中创新，在创新中行动，这正是包文杰的工作诀窍。

“现在技术更新这么快，只有不停地学习、实践加创新，才能脚踏实地走好每一步。”包文杰把对无人机巡检技术的浓厚兴趣，转化为学习的动力，入职不到5年的他记录的学习笔记有19本之多，全部摞起来足有半米高。功夫不负有心人。在国家电网公司组织举行的首届无人机竞赛中包文杰取得了优异的成绩；在内蒙古自治区首届“中国梦·劳动美”无人机竞赛中，他获得第一名；此后他接连被授予内蒙古自治区技术能手等荣誉称号。

当被问起如何看待自己所取得的成绩时，包文杰说：“没有完美的个人，只有完美的团队。一个人能力再强，离开了集体，就什么也不是。我个人就是滚滚江河中的一朵小浪花。我要做的就是听指挥，做好准备，关键时刻指哪儿打哪儿。”

时代在快速变革，技术发展更是一日千里。“一线工人要不断学习、进步，进行技术创新，我希望有更多的人参与到创新工作中来。”包文杰不敢停下脚步，一旦发现问题，他就会没日没夜思考解决方法。自己没思路时，他就拉着同事利用一切时间探讨。

经过不断摸索总结，包文杰带领班组提出了人机协作、空间互补、横向分析、纵向对比的特高压输电线路新型巡视管理办法，还提出了无人机 U 形巡视、分组巡视理论，编制无人机巡检标准化指导书。这些巡视方法使得特高压输电线路缺陷发现率提升 20% 以上，保障了内蒙古特高压线路外送电力的稳定供应，为我国电网发展作出了重要贡献。

如今，包文杰共主导、参与创新项目 10 余项，其中特高压输电线路综合巡视技术的研发等成果还获得了各级创新奖项，大大节省了特高压线路运维成本。

一花独放不是春，百花齐放春满园。在包文杰看来，一个人的力量十分有限，把自己积累的所有宝贵的经验无私传授给其他人，通过自己带动大家一同学习和创新，这是一个党员应该承担的责任。

4 年多来，包文杰累计开展无人机培训讲堂 100 余次。在他的带领下，输电运检七班获得了国家电网工人先锋号、2018 年感动蒙东人物先进集体、新时代特色品牌班组、东北电力系统 2019 年度模范职工小家等荣誉称号。

“回想起这几年，我曾半年多没有回家，曾半夜起床去检修抢修，曾一次次为攻克难题挑灯夜战……虽然每天的工作单调、辛苦，但我感到由衷自豪，因为我们守护着岁月通明，灯火万家。”包文杰底气十足地说。

青春是什么？对于包文杰来说，是一团火、是一盏灯、是攀登高处看到的别样风景。可以肯定的是，无论风雨多大，更多的青春和梦想已在路上。

面对未来，包文杰早已有了谋划，“在今后的工作中，我将继续以忘我的工作热情和认真的工作态度守护着内蒙古特高压输电线路”。

《内蒙古日报》2021 年 5 月 2 日

最美职工

夏广新

ZUIMEI

ZHIGONG

致力于打造优秀团队的造药人

夏广新，1970 年 11 月出生，博士研究生，中共党员，教授级高级工程师，目前担任上海医药集团股份有限公司中央研究院（以下简称“上药研究院”）副院长、药物设计技术总监。自 2006 年博士毕业加入上药研究院以来，夏广新 15 年坚守初心、敢于担当、专注自信、求真务实、潜心钻研、甘于奉献，在一次次不确定中寻找确定，在千百次挫折后重拾信心，用坚定的信念、过硬的技术、持续的行动在浩瀚的科研海洋探索，在创新药物领域获得阶段性成果，为上海医药集团的创新药技术平台建设和发展作出了重要贡献，带领 300 人的优秀团队勇做新药研发先锋者，立志为人类生命律动创造新支点。

心有“北斗”

新药研发是个马拉松工程，短则七八年，长则超过 20 年，需要研发者把心静下来持续地专注投入，对科学保持高度严谨的态度。15 年来，夏广新在荣誉面前坚守初心、在困难挑战面前坚守目标，在干扰诱惑面前坚守原则。2006 年，夏广新成为上药研究院 I001 号第一个新药研发项目的参与者，整整 15 年，他和这个项目在马拉松赛道上奋力奔跑。这是一款以肾素为靶点的新型抗高血压药物，除上药研究院外，仅有一家企业正在开展研发。最初，夏广新与日方组建了研发团队，当时经验、实力远不及日方，想要跟上节奏，只有一个办法——没日没夜地干。常规研发是在几百种化合物中筛选，而夏广新团队设计、合成、筛选了 3000 多种化合物，经过 5 年反复推倒重来，才选定 SPH3127 作为候选药物。就在团队准备大干一场时，国际知名药企诺华制药宣布类似课题研发出现重大问题，日本公司因怀疑靶标选择错误而中止合作。关键时刻，夏广新除了睡觉吃饭完全投入科研探索，无数个挑灯夜战，最终使上药研究院作出对 SPH3127 继续研发的重要选择。目前，SPH3127 已完成高血压适应症的Ⅰ期和Ⅱ期临床，表现出良好的有效性和安全性，顺利进入Ⅲ期临床研究。

目前，夏广新带领的药物研发团队正在推进心脑血管、肿瘤、自身免疫、精神神经和感染等重大疾病领域的 20 多项创新药物研发项目。夏广新心中的“北斗”也变得更加明确和光亮。

手持火炬

10 多年来，夏广新从项目负责人逐步成长为科室负责人、研发总监、研究院副院长，而他的梦想也早已经从研发出创新好药升级为打造国内领先、国际一流的新药研发团队。正如萧伯纳所说：人生不是一支短短的蜡烛，而是一支由我们暂时举着的火炬，我们一定要把它燃得十分灿烂，然后交给下一代的人们。夏广新在研究院就如一支燃烧的火炬，给团队成员照明方向，带来温暖和力量。他常对自己的团队伙伴说："除了知识，我们更要有一种科研精神，除了做项目，我们更要懂得做人。"夏广新深知，任何科研进步、优秀企业发展，都离不开团队的协作和传承。平日里，他总是以身作则，专注钻研、谦虚亲和、愿意倾听，坚持"科学是老大、科学是信仰"。在一次工会组织的"让沟通流动——我的悄悄话"活动中，团队伙伴们真诚表达了对夏广新的感谢，感谢他给予的研发机会、耐心指导、信任鼓励、帮助支持。夏广新用自己的专业支持、耐心信任点亮了年轻人的心。他始终相信，哪怕只是一点点微光，但点滴微光汇聚起来就能成为团队的光芒，在他的努力奋斗和无私奉献下，团队伙伴们体验到了更多成就感、价值感、获得感、幸福感。在他的积极影响下，上药研究院团队的凝聚力和战斗力得到了显著提升。

勇做先锋

在推进创新药物项目研发的同时，夏广新还致力于化学创新药研发平台的构建和完善，并通过合作和引进国内外先进技术，不断拓展和提升平台的专业能力和水平。

作为课题负责人，夏广新还承担了多项国家和上海市级重大项目的研究工作。2019 年，他负责的新型抗高血压候选药物Ⅱ期临床研究项目获得新药创制国家科技重大专项立项支持；2015 年，他负责的两个项目新型抗肿瘤 EGFR-TKI 候选药物临床前研究及 IND 申

◆ 夏广新在药物合成试验中测量溶剂的体积

报和新型抗高血压候选药物 IND 申报及 I 期临床研究分别获得上海市科委和人社局的立项支持，并入选上海市优秀技术带头人计划。

勇做先锋是需要自信的。在一次交流分享会上，夏广新说，“创新，需要勇气，勇气来自自信。2016 年，习近平总书记在庆祝中国共产党成立 95 周年大会上提出‘四个自信’，这 5 年，我是越来越自信了。我内心的信心来自 4 个方面：时代信心、企业信心、团队信心、专业信心。整个国家大力支持科技创新、注重高质量发展；集团在圣地亚哥布局了海外研发中心，促进了国际化进程；研究院从最初几个人发展到现在 300 多人；我们的专业积累也在逐步深厚。世界上本无现成的道路，我们要把握住时代给予我们的机会和使命，更勇敢、自信地向前探索。”

在上药研究院工作期间，夏广新共申请发明国内外专利 110 余项，其中 50 余项获得授权。在国际著名期刊发表 SCI 论文 30 多篇。参编专业著作 3 部，其中《新药研发的案例研究——明星药物如何从实验室走向市场》已成为药学经典图书，被列为“十二五”国家重点图书。

夏广新于2017年获得上海市五一劳动奖章，2020年荣获上海市劳动模范光荣称号。他所带领的团队在2016年和2019年荣获了上海市工人先锋号荣誉称号。

15年来，夏广新带领团队，潜心探索、稳扎基础。未来，相信他将一如既往带领研究院团队坚持，心有北斗，手持火炬，勇做新药研发先锋者，立志造福中国百姓、造福世界人民。

全国总工会宣教部供稿

为生命律动创造新支点

◎ 钱培坚

一种新药研发成功需要多久？业界公认：筛选 1 万个先导化合物，需要 10 年到 15 年。

“研发新药像跑马拉松，需要持续专注地投入，并对科学保持高度严谨的态度。”上海医药集团股份有限公司中央研究院（以下简称“上药研究院”）副院长、药物设计技术总监夏广新，就是这样一位奔跑在新药研制“赛道”上的科研工作者。

15 年来，他用坚定的信念、过硬的技能、持续的行动不断进行着探索，在创新药物领域获得了阶段性成果，带领团队做新药研发先锋者，为人类生命律动创造新支点。

心有“北斗”

2006 年，夏广新博士毕业后入职上药研究院，参与了研究院 I001 号第一个新药研发项目。15 年过去了，他和这个项目仍然在这条特殊赛道上奋力奔跑。

这是一款以肾素为靶点的新型抗高血压药物，目前国际上该作用机制仅有一个药物获批生产上市。除上药研究院外，仅有一家企业在开展研发。最初，夏广新与日方组建了研发团队，由于当时经验、实力不及日方，想跟上节奏，只有没日没夜地干。一般来说，常规研发是从几百种化合物中进行筛选，而夏广新团队的 I001 筛选了 3000 多种化合物，经过 5 年反复推倒重来，才选定 SPH3127 作为候选药物。

就在夏广新带领团队准备大干一场时，日本公司中止了合作。坚持还是放弃？夏广新选择了前者。

他心有“北斗”，有对科学的专注，有对目标的执着追求。“关键时期除了吃饭睡觉，就完全投入科研探索。集团决定支持我们自行开展对 SPH3127 的后续研发。”夏广新回忆说，“目前该项目已经成为上药研究院首个进入中国Ⅲ期临床、美国Ⅱ期临床的项目。”

在 SPH3127 优良的安全性和有效性基础上，夏广新又带领团队积极进行转化医学研究，慢性肾病及炎症性肠病两个新适应的拓展研究也取得阶段性成果。

目前，夏广新带领的药物研发团队正在推进心脑血管、肿瘤、自身免疫、精神神经和感染等重大疾病领域的 20 多项创新药物研发项目。“15 年来，我心中的‘北斗’变得更明亮了。”夏广新感慨道。

手持火炬

从项目负责人逐步成长为科室负责人、技术总监、研究院副院长，夏广新的梦想也从研发出创新好药升级为打造国内领先、国际一流的新药研发团队。

“人生不是一支短短的蜡烛，而是一支由我们暂时举着的火炬，一定要把它燃旺，交给下一代。”夏广新常对团队伙伴说，“除了知识，我们更要有一种科研精神。”

夏广新深知，任何科研进步、优秀企业发展，都离不开团队的协作和传承。平日里，他总是以身作则，坚持“科学是老大、科学是信仰”。在一次工会组织的“让沟通流动——我的悄悄话”活动中，团队伙伴们真诚表达了对夏广新的感谢。

夏广新用自己的专业支持、耐心信任点亮了很多年轻人的心。在他的影响下，上药研究院团队的凝聚力和战斗力得到了显著提升。他本人先后荣获上海五一劳动奖章、上海市劳动模范和全国五一劳动奖章，带领的两个研发团队也先后荣获上海市工人先锋号。

勇做先锋

在推进创新药物项目研发的同时，夏广新还致力于化学创新药研发平台的构建和完善，并通过合作和引进国内外先进技术，不断拓展和提升平台的专业能力和水平。

该平台一方面通过早期研发的国内外合作，促进了多项新技术的消化、吸收，孵化、布局了一批未来突破性项目，保持了国内领先水平；另一方面，引进的两个创新药项目，在该平台上实现了高效对接和转化，目前均被批准进入Ⅱ期临床研究。

作为课题负责人，夏广新还承担了多项国家和上海市级重大项目的研究工作。2015 年，他负责的两个项目新型抗肿瘤 EGFR-TKI 候选药物临床前研究及 IND 申报和新型抗高血压候选药物 IND 申报及 I 期临床研究分别获得上海市科委和人社局的立项支持，并入选上海市优秀技术带头人计划。2019 年，他负责的新型抗高血压候选药物Ⅱ期临床研究项目获得新药创制国家科技重大专项立项支持。

夏广新说："创新，需要勇气，勇气来自自信。我国大力支持科技创新、注重高质量发展。集团持续加大研发投入，布局了海外研发中心，促进了国际化进程。研究院从最初几个人，发展到现在 300 多人的优秀团队。我们要把握住时代给予我们的机会和使命，勇敢自信地向前探索。"

正是"坚持心有'北斗'，手持火炬，勇做新药研发先锋者"的这份自信，15 年来，夏广新共申请发明国内外专利 110 余项，其中 50 余项获得授权；发表 SCI 论文 30 多篇，参编专业著作 3 部，其中《新药研发的案例研究——明星药物如何从实验室走向市场》已成为药学经典图书。

《工人日报》2021 年 5 月 9 日

点亮年轻人心中的微光

——“最美职工”夏广新带领青年团队勇做新药研发先锋

◎ 范彦萍

上海医药集团股份有限公司中央研究院（以下简称“上药研究院”）副院长、药物设计技术总监夏广新带领团队在创新药物领域获得阶段性成果，立志为人类生命律动创造新支点。在五一国际劳动节来临之际，中央宣传部、全国总工会向全社会公开发布2021年“最美职工”先进事迹。中央广播电视总台于2021年4月30日晚播出《闪亮的名字——2021最美职工发布仪式》。此次，来自上海的夏广新也获得2021年“最美职工”称号。

在困难中奋进，胜利曙光在前

新药研发是个马拉松工程，短则七八年，长则超过20年，需要把心静下来持续地专注投入，需要对科学保持高度严谨的态度。

2006 年，夏广新成为上药研究院 I001 号第一个新药研发项目的参与者，整整 15 年，他和这个项目仍然在马拉松赛道上奋力奔跑。

这是一款以肾素为靶点的新型抗高血压药物，目前国际上该作用机制仅有一个药物获批生产上市，除上药研究院外，也仅有一家企业在开展研发。最初，夏广新与日方组建了研发团队，当时经验实力都远远不及日方，想要跟上节奏，只有拼命追赶。

常规研发是在几百种化合物中筛选，而夏广新团队的 I001 筛选了 3000 多种化合物，经过 5 年反复推倒重来，才选定 SPH3127 作为候选药物。就在团队准备大干一场时，迎来的却是国际知名诺华制药宣布类似项目临床研发出现重大挫折、日本合作方退出心血管研究领域并宣布中止合作。

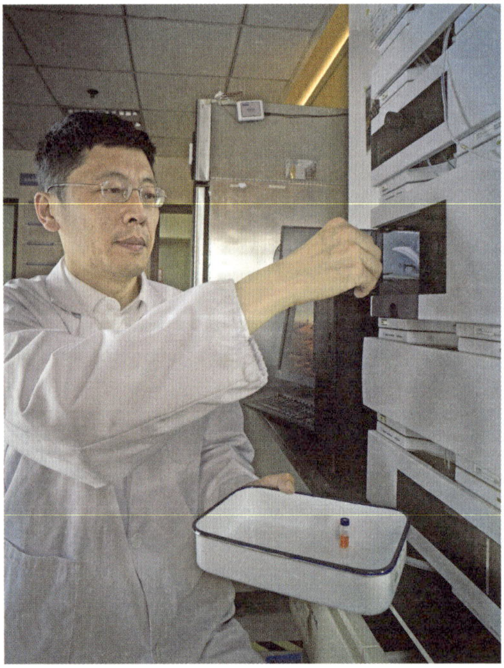

◆ 夏广新在使用高效液相色谱仪

关键时刻，夏广新投入全部精力到这一科研项目上，最终把握住了对 SPH3127 继续研发的重要机会，项目终于迎来了曙光和希望。目前，SPH3127 已完成高血压适应证的 I 期和 II 期临床，表现出良好的有效性和安全性，顺利进入 III 期临床研究。此外，在 SPH3127 优良的安全性和有效性基础上，夏广新带领团队积极进行转化医学研究，在慢性肾病（CKD）及炎症性肠病（IBD）两个新适应症的拓展研究也取得阶段性成果。其中，炎症性肠病适应症已获得 FDA 批准进入美国的Ⅱ期临床试验，慢性肾病适应证已经完成 IND 资料准备，向 NMPA 提交了临床研究申请。目前该项目已经成为上药研究院首个进入中国Ⅲ期临床、美国Ⅱ期临床的项目。

与此同时，抗肿瘤候选药物 SPH4336、SPH3348 正在开展Ⅰ期临床研究，SPH3261、SPH5030 和 SPH6516 已于 2020 年递交临床研究申请。这些产品将为肿瘤、心脑血管、自身免疫等重大疾病带来更佳的药物疗法，具有很高的经济价值和社会价值。

目前，夏广新带领的药物研发团队正在推进心脑血管、肿瘤、自身免疫、精神神经和感染等重大疾病领域的 20 多项创新药物研发项目。

汇聚点滴微光，照亮年轻团队

10 多年来，夏广新从项目负责人逐步成长为科室负责人、技术总监、研究院副院长，而他的梦想也早已经从“研发出创新好药”升级为“打造国内领先、国际一流的新药研发团队”。

萧伯纳曾说过：人生不是一支短短的蜡烛，而是一支由我们暂时举着的火炬，我们一定要把它燃得十分灿烂，然后交给下一代的人们。夏广新用自己的专业支持、耐心信任点亮了很多年轻人的心。他始终相信，哪怕只是一点点微光，但点滴微光汇聚起来就能成为团队光芒。在一次工会组织的“让沟通流动——我的悄悄话”活动中，团队的小伙伴们说了一次“真心话”，感谢夏广新的耐心指导、信任鼓励，自己才体验到了更多人生的成就感、价值感。

夏广新所在的研究院有 300 多名员工，平均年龄才 32 岁。在他看来，任何科研进步、优秀企业发展，都离不开团队的协作和传承。研发新药需要跨部门跨专业合作，有时需要他这个“指挥”来协调。

在管理上，夏广新秉持的方法是带动式、扁平化管理，敢于让年轻人承担责任，培养有潜力的年轻人成为项目负责人。这些年他陆续培养出了几十个项目负责人。

“我的导师是中科院药物所的资深院士，一辈子做药，培养人才，培养出了两个院士。我现在培养年轻人，从某种意义上来说也是一种传承。”尽管已经毕业 15 年了，但夏广新初心不改。“做这一行的原始的动力是研发新药，解决患者的痛苦。特别有些疾病市面上没有药，或者现有药物效果不好、副作用大。就是这样的梦想让我得以坚持下去。”

确保国内领先，志在国际一流

在推进创新药物项目研发的同时，夏广新还致力于化学创新药研发平台的构建和完善，并通过合作和引进国内外先进技术，不断拓展和提升平台的专业能力和水平。

作为课题负责人，夏广新还承担了多项国家和上海市级重大项目的研究工作。2019 年，他负责的新型抗高血压候选药物Ⅱ期临床研究项目获得新药创制国家科技重大专项立项支持；2015 年他负责的两个项目新型抗肿瘤 EGFR-TKI 候选药物临床前研究及 IND 申报和新型抗高血压候选药物IND申报及Ⅰ期临床研究分别获得上海市科委和人社局的立项支持，并入选上海市优秀技术带头人计划。

在一次交流会上，夏广新分享说："创新需要勇气，勇气来自自信。这5年，我是越来越自信了。而我内心的信心来自4方面：时代信心、企业信心、团队信心、专业信心。国家大力支持科技创新、注重高质量发展。集团持续加大研发投入，在圣地亚哥等地布局了海外研发中心，促进了国际化进程。研究院从最初十几个人发展到现在拥有300多人的优秀团队。我们的技术平台也在不断延伸、升级。世界上本无现成的道路，我们要把握住时代给予我们的机会和使命，更勇敢自信地向前探索。"

《青年报》2021年5月1日

梦想已升级，奔跑仍不息

——夏广新不仅要领跑新药研发“马拉松”，还要打造世界一流团队

◎ 俱鹤飞

新药研发是个不折不扣的“马拉松”工程，短则七八年，长则超过 20 年。

与国外相比，中国医药同行更需要快马加鞭，方能紧跟国际新药研发的脚步。在这个跑道上，上海医药中央研究院副院长、药物设计技术总监夏广新一跑就是 15 年。

想要紧跟节奏，只能没日没夜

两串代号，深深地刻在夏广新心里。

一个是“I001”，这是夏广新 2006 年进入上药研究院后接到的第一个任务项目代号；另一个为“SPH3127”，这是夏广新历时 5 年、从 3000 个化合物中筛选出的有效候选药物代号。

I001 项目是一款以肾素为靶点的新型抗高血压药物，到目前为止，国际上该作用机制仅有一个药物获批生产上市，除上药研究院外，也仅有一家企业正在开展研发。

研发以肾素为靶点的心血管药物为什么如此重要？夏广新解释说，不同作用靶点的药物研发难度不一样，以肾素为靶点的心血管药物国内外已经研究了几十年，“但始终做不出一个像样的药，国外的药企虽然在 2007 年做出了一款药，但缺点很多”。缺少以肾素为靶点的优质药物，“高血压治疗就缺了一环”。

夏广新回忆，起初是与日本一家制药公司合作开展新药研发工作，夏广新与日方的研发团队一同扎根实验室。当时，无论是经验还是实力，“我们都远远不及他们，想要紧跟研发节奏，只能没日没夜地干”。

要破解的第一个难题，是筛选出有效的候选药物。心血管药物对安全性的要求极高。一般药物研发只需在几百种化合物中筛选，I001 项目则要从 3000 多种化合物中逐一筛选，夏广新自己都记不清做了多少次试验。

5 年多的反复尝试后，终于在 2011 年年底，代号为 SPH3127 的化合物被确定为候选药物。

顶着压力奔跑，无数挑灯夜战

正当夏广新想带领团队一鼓作气、大干一场时，坏消息传来了。

国外制药企业宣布以肾素为靶点的心血管药物临床研发遭遇重大挫折——被试者在联合用药后出现了肾脏副作用增加的情况，这使I001的前景变得扑朔迷离。

更糟糕的是，日方由于公司战略决策变化，全面退出心血管药物领域，决定中止研发合作。

“不要再浪费时间了，赶紧干别的项目去吧。”团队也有人开始动摇。夏广新面临一个非常重要的抉择，后续研究是否还要继续开展下去？

夏广新分析，团队前期试验做得非常扎实，“现在就差一个安全性数据了，不能轻易放弃”。

经过反复讨论，甚至是争论，最终研究院决定支持夏广新，由集团出资自行开展对SPH3127的后续研发。“完全依赖自有资金，大家对你期望肯定是非常高的。”夏广新顶着压力继续奔跑。同事们回忆，夏广新经常最后一个离开公司，几乎每个周末都能看到他工作的身影。

无数个挑灯夜战，2016年5月，当正式收到药品监督管理局的临床批件时，夏广新说，那一刻，“心情真的很复杂”。

搭建研发平台，打造一流团队

拿到临床批件，“马拉松”赛程才刚刚过半。2016—2018年，SPH3127完成高血压适应症的Ⅰ期试验，临床团队开展了初步的临床药理学及人体安全性评价。

2018年，SPH3127进入Ⅱ期临床试验，两年多之后，进入了Ⅲ期临床研究，试验预计2024年能完成。这场“马拉松”，终于快撞线了。

10 多年来，夏广新的梦想从“研发出创新好药”升级为“打造国内领先、国际一流的新药研发团队”。在继续推进创新药物项目研发的同时，夏广新还致力于构建完善新药研发平台，不断拓展和提升上药研究院的专业能力。

正因如此，夏广新不仅先后获得上海市五一劳动奖章、全国五一劳动奖章，他所带领的项目团队也两次荣获上海市工人先锋号。“我们唯一能做的，就是把握住时代的机会和使命，更勇敢自信地向前探索。”夏广新说。

《解放日报》2021 年 5 月 1 日

最美职工

温小珍

ZUIMEI
ZHIGONG

用勤劳的双手创造美好生活

温小珍，生于1985年9月，初中文化，江西省赣州市宁都县田头镇渡头村人。2012年9月入职江西金力永磁科技股份有限公司，现为坯料工序手动成型操作员。2020年12月，她被国务院农民工工作领导小组授予全国优秀农民工荣誉称号。

品格高尚，勤劳努力

从一个小山村来到城市，温小珍为了能摆脱贫穷的家庭状况，一边照顾家庭，一边勤奋工作。2016年小叔子先天性脑血管畸形突然发病，全身瘫痪，住院长达5个月，温小珍白天努力上班，保质保量完成各项任务，下班后悉心照顾生病的家人。面对接二连三的打击，她没有被生活的磨难压倒。作为全家唯一在城市务工的劳动力，成型车间压制操作这一工作岗位难度和强度都非常大，原则上压制操作需男性职工才满足操作需求，温小珍发扬不怕苦不怕累的新时代农民精神，向班组长、老师傅虚心请教，对操作技能刻苦钻研，主动请缨承担起特殊规格产品的上机操作。由于特殊产品质量技术要求高、产量低，一天工作下来需要比其他员工多站4小时，她无任何怨言，数年如一日。她用自己的勤劳努力，从一名仅有初中文化水平的农民工，成长为金力永磁生产车间的成型压机操作能手，收入从每年2万元左右提高到现在的每年7万元，支撑着全家大部分的开支。

温小珍还积极带动同村贫困户进城务工。近年来跟着她进城务工创业的村民累计达100余人，分布在各行各业，人均年收入均达4万元以上，极大地帮助了同村农民工脱贫致富。曾绍鑫是温小珍第一个从村里带出来的农民工，家庭曾经非常困难，年收入不足1万元，又没有任何技能，不懂得如何操作机器，在温小珍的带动下，曾绍鑫通过自身的努力和公司的培养，现在已经是公司制粉工段的一名班长，年收入超过5万元，生活得到了极大改善。每每想起当初艰苦的生活，曾绍鑫都万分感谢温小珍当时的帮助："当初是她坚持要带我出来就业，还亲自教会我如何操作机器，没有她的帮助，我不会这么快就过上好日子的。"

业务精湛，乐于奉献

从2012年至今，温小珍一直兢兢业业地工作，练就了过硬的生产技术，积累了丰富的操作经验。操作成型压机，将坯料制作成模具，别人一天只能完成1300—1500个，她能完成2000个，是车间的生产能手。在工作岗位上，温小珍凭着过硬的操作技能及工作态度，连续4个月被评为优秀员工。复工复产以来，公司订单激增，生产任务紧张，员工新老交替频繁，业务精湛的温小珍成了车间的定海神“珍”。机械设备有故障，她现场诊断排除故障；设备操作有异常，她调试修理保障生产；新员工不熟悉情况，她手把手传帮带。成型车间的叶华、吴章花等员工刚入职时，为了帮助他们快速上手，了解生产流程以及熟悉操作，温小珍一对一地对他们进行指导，在不耽误自身产量的前提下，陆续帮助多达 30 余名员工迅速掌握了压制操作以及包装操作的要求，为公司提升产量、提高质量奠定了基础。成型车间在 12 个月内完成了千吨级生产任务，全年未停产。她说，车间哪里有需要，她的工作岗位就在哪里。自工作以来，温小珍累计生产的模具数以万计，从无次品，她亲手教出的车间生产骨干达 10 余人。

诚心以待、热情相助

温小珍始终以帮助他人为己任，以做善事为至乐。不论是在家务农，还是在城市打工创业，别人有困难她都热情施以援手。2020 年 3 月，新冠肺炎疫情防控期间，同事生病住院，温小珍主动陪同，在隔离期内每天定时定点送饭，这一陪就是 1 个多月，让同事感受到了温暖。

2019 年 5 月 20 日习近平总书记视察金力永磁后，温小珍的干劲更足，热情更高了。她坚信，只要牢记习近平总书记嘱托，以时不我待、只争朝夕的精神状态，求真务实、埋头苦干，用勤劳的双手就一定能够创造更加美好的明天。

全国总工会宣教部供稿

带农民工进城务工的农民工

◎ 卢　翔

在江西金力永磁科技公司的成型车间里，温小珍戴着安全头盔，全神贯注地查看着机器运行情况。

12 年前，温小珍走出大山，在城市拼搏的同时，也带动上百名村民和贫困户进城务工。2020 年 12 月，她被评为全国优秀农民工。近期，她又荣获全国五一劳动奖章。

走出大山进城闯荡

初中毕业后，温小珍梦想着有一天能够去城市闯一闯。

“同村有人在外打工，每次回来都是衣着光鲜亮丽，让我很羡慕。”当时只有 15 岁的温小珍，因为家庭贫困辍学，又尚未到工作年龄，只能随父母在老家务农。

宁都县田头镇渡头村距离县城 30 多公里，群山环抱，却挡不住她对山外的向往。

一直到 2009 年，温小珍先后在深圳、福建工作过。“在深圳做家政，就是帮别人洗衣做饭。做了两年后我又去了福建，在工厂待过，也在餐厅做过服务员。”

“虽然城市生活条件比农村好很多，但在外面闯荡多年，离家太远，还是想回家。”经人介绍，温小珍结了婚，“爱人在工地上做事，我就跟着他跑工地，东奔西走，也没有固定收入。”

温小珍说不出自己想要什么样的生活，但她想通过自己的努力，让生活变得更好。

2012 年，在跑工地期间，温小珍偶然听别人说金力永磁公司待遇不错，就特意留意了招聘信息。“正好他们当时在招人，我就直接去应聘了。”

◆ 温小珍核对产品信息

进公司后，她做成型车间操作工。“要一直站着工作，一天要站 10 个小时。”相对于身体上的疲劳，温小珍坦言，更大的压力来自对技术的不熟悉，“一开始什么也不懂，只能慢慢学。”

温小珍现在还记得，当时是每周休息一天，但她基本上是一个月才休息一天。

“一方面是想多花点时间向班组长、师傅请教操作技能，另一方面是想多赚点钱。”

帮助百余农民进城务工

夫妻俩踏实勤快，生活也一步步得到了改善。2016年，离异多年的小叔子因脑出血住院，需要人照顾，温小珍和丈夫决定扛起这份责任。

“毕竟是自家人，我们要尽到家人的义务。”小叔子住院5个月，温小珍白天上班，下班后去照顾小叔子。夫妻俩借了不少钱，先后花费30多万元，但最终还是没能改变小叔子全身瘫痪的现实。

没有多少犹豫，夫妻俩将小叔子和其11岁的孩子接到了自家照顾。“加上我自己正在上学的两个孩子，一家六口人，但只有我和爱人能工作，所以负担很重。”尽管生活的艰辛让温小珍略显疲惫，但她的眼中却闪着光，“我现在工资已经比以前高了不少，多的时候能有八九千元一个月，少的时候也能有四五千，但还是不够。所以我要更努力，让自己的技术更上一个台阶，工资更上一个台阶，生活才能更上一个台阶，我的梦想就这么简单。”

进入金力永磁以来，温小珍用自己的勤劳努力，从一名仅有初中文化水平的农民工，成长为车间的成型压机操作能手。拼搏多年的她，终于在城市中实现了自己的价值，也找到了自己的一席之地，但她始终没有忘记群山环抱的老家。

“回老家的时候，也有同村村民问我在城市里做什么，想托我帮他们介绍工作。”看着他们，温小珍想起当年的自己。近年来，她竭尽所能帮助村民尤其是贫困户，介绍他们进城务工，累计达 100 余人，分布在各行各业。

“当初是她坚持要带我出来，还亲自教会我操作机器。没有她的帮助，我不会这么快就过上好日子的。”曾绍鑫是温小珍从村里带出来的第一个农民工，家庭曾经非常困难，年收入不足 1 万元。现在她已经是公司制粉工段的一名骨干人员，年收入超过 5 万元。

“作为一名农民工，在党委政府及工会的关心照顾下，我才能成长这么快。”面对荣誉，温小珍笑着说。

《工人日报》2021 年 5 月 10 日

劳动“珍”美

——记全国五一劳动奖章获得者、全国“最美职工”温小珍

◎ 齐美煜

从一名仅有初中文化的农民工，成长为手动成型压制操作能手，江西金力永磁科技股份有限公司坯料工序手动成型操作员温小珍，一步一个脚印，在平凡岗位上努力做最好的自己。

36 岁的温小珍来自宁都县田头镇，2012 年入职金力永磁。手动成型压制，看似简单的操作，却极为考验操作人员对细节和力量的把握，工作难度和强度都非常大。经公司培训，温小珍了解到，稀土是不可再生资源，生产过程中的分毫疏漏都会造成资源浪费。为了练就过硬技术，温小珍虚心向班组长、老师傅请教，主动请缨特殊规格产品的上机操作。通过日积月累、潜心钻研，温小珍的操作技术越来越娴熟，干活不光速度快，质量还高，在车间里能力水平十分突出。

“车间哪里有需要，温小珍就在哪里。”在工友眼里，温小珍为

人热情大方，是车间里的定海神“珍”。在不耽误自身产量的前提下，她热心帮助新员工迅速掌握手动成型压制及包装操作要求。在金力永磁工作 9 年来，她生产的产品数以万计，手把手教出的车间生产骨干 10 余人。

见过温小珍的人，都会被她自信且温暖的笑容所吸引。很难想象，生活曾给她巨大打击。温小珍育有一双儿女，公公早年去世。2016 年，患有先天性脑血管畸形的小叔子突然发病，瘫痪在床。2018 年，患有高血压的婆婆不慎摔伤，骤然离世。为了方便照顾小叔子，温小珍在外务工的丈夫回村种植蔬菜大棚，收入并不稳定。一边是自己热爱的工作，一边是需要照顾的家人，两边都难以割舍，温小珍咬牙硬扛了下来。每半个月，温小珍都会驾车回老家照料小叔子。“别人问我苦不苦，我想说，只有尝过苦，才会更珍惜甜。困难是暂时的，日子会越来越好。”作为全家唯一在城市务工的劳动力，温小珍勤劳努力，每年能挣 7 万余元，支撑着家庭大部分开支。

荣获全国五一劳动奖章和全国 2021 “最美职工”荣誉称号后，温小珍很平静。面对亲朋好友的祝贺，她笑着说：“我只是在自己的岗位上做了应该做的事。在今后的工作中，我会继续努力，练好本领。”朴实无华的话语，充分展现了温小珍率真的性情。

永不服输，锐意进取，辛勤劳动中的温小珍，“珍”美！

《江西日报》2021 年 5 月 1 日

“最美职工”温小珍：“把劳动精神传递给身边人”

◎ 齐菲斐

4 月 30 日，中宣部、全国总工会向全社会公开发布 2021 年“最美职工”先进事迹，全国仅 10 名先进职工获此殊荣。其中唯一来自江西的获奖者，就是江西金力永磁科技股份有限公司坯料工序手动成型操作员温小珍。面对生活的磨难，历经数年的顽强拼搏，她用积极乐观的心态、出类拔萃的工作业绩重新点亮了自己的人生希望，还获得全国五一劳动奖章、全国优秀农民工等荣誉称号。4 月 30 日，记者采访了这位为江西劳动者争得荣誉的奇女子。

谁说女子不如男

“第一次去北京，第一次走进人民大会堂，第一次去中央电视台录制节目，现在想起来还是很自豪！很激动！很紧张！”温小珍这样告诉记者。3 天前，她刚刚从北京捧回了沉甸甸的全国五一劳动奖章。

36 岁的温小珍，并不像许多城市里的 80 后那样从小生活优越，来自赣州宁都县的她，因为家庭条件不好，仅读完初中就辍学了。在 2012 年进入现在工作的公司前，她当过家政保姆、做过陶瓷工人、在建筑工地上打过零工，用她的话说：“只要能赚钱、不犯法，苦点累点都没关系，我没有多少文化，只能找到类似的工作。”

进入江西金力永磁科技股份有限公司以来，温小珍从一名对公司生产工艺一窍不通的普通农民工，逐步成长为工厂车间里的定海神“珍”。

因为她所在的成型车间的工艺与设备操作难度较大，以前一直是男性职工居多，女性职工少，业务突出的女性职工更少。但是不服输的温小珍说：“谁说女子不如男，我就证明了女工人可以在成型车间里做得不比男工人差！”

为了降低产品不良率，尽快成为熟练工，她每天利用下班时间

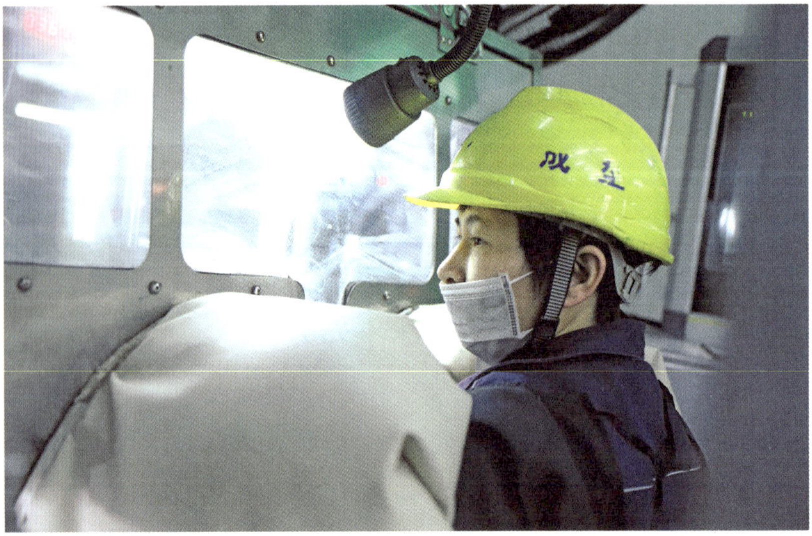

◆ 温小珍压制产品

使用大小相近的铁块来练习“放料”，每天坚持练习半个多小时。

多年如一日的勤奋工作与自我要求，让她积累了丰富的操作经验，成了车间里人人称赞的技术能手。同样的设备与工艺压制模具，别人一天只能完成1300—1500个，她每天平均完成2000个。

出于对工作的责任心，她每天都会提早至少半小时进入车间，检查设备、水电等是否正常和安全，由于多年的刻苦钻研，如今车间里简单的设备故障她都能自行修理解决。由于工厂是计件工资，她凭借自身的勤奋和努力，已经将自己初入工厂时的年收入2万元提高到如今的年收入7万元。但她却笑着说：“我还要做得更好，增加自己收入的同时也努力给公司创造更多效益！”

不向命运低头

阳光乐观、工作敬业的温小珍，其实生活中遭遇的磨难旁人难以体会。她和在家务农的丈夫育有两个孩子，目前均已上初中。2016年，她的小叔子患重病全身瘫痪，住院长达5个月，温小珍和丈夫不得不承担起长年照顾生活完全不能自理的亲人的重担。在一边坚持工作、一边照顾病人的同时，小叔子唯一的孩子也只能由他们一起抚养。

但是她从来没有想过放弃，她总是对自己说：“再坚持一下，再坚强一些，一定可以扛过去！”家庭的变故也成为她工作上的动力，就这样，她和家人一起，让那个一度陷入绝境的家庭一步步走出困境，欠下的债逐渐还清了，自己在公司和村里有口皆碑，村里有人想来城里打工，都来先问问她的意见。

近年来，经她积极介绍带动进城务工的村民越来越多，比如农民工曾绍鑫，同样来自困难家庭，来到温小珍所在的公司后，已经从一位不会操作任何机器的新手成长为制粉工段的骨干班长。

2019 年 5 月，习近平总书记来到江西考察调研，曾到江西金力永磁科技股份有限公司了解企业生产经营情况，这让全公司都激动不已、倍感振奋，温小珍也不例外。

她告诉记者："习近平总书记来到我们公司，我替公司高兴，也觉得非常骄傲，我更加坚定信心要为公司和社会多作贡献。这次获得全国表彰，我很感谢党和政府对我们普通工人的关注和肯定，也感谢工会对我的关心和帮助。我将更加努力工作，把劳动精神传递给身边人，发挥榜样作用，不辜负大家的期望！"

《江西工人报》2021 年 5 月 2 日

最美职工

王书玉

ZUIMEI

ZHIGONG

不忘初心丰粮仓
万里稻香惠农民

王书玉，1964年6月出生，中共党员，大学本科学历，现任河南省新乡市农业科学院水稻研究所所长，研究员，享受国务院政府特殊津贴。王书玉自参加工作36年来一直从事水稻育种及其成果转化和科技服务工作，并取得显著成绩，为加快推进农业现代化、支持贫困地区发展作出了突出贡献。王书玉先后获得河南省学术和技术带头人、新乡市十大杰出人物、新乡市科学技术重大贡献奖、河南省先进工作者、新乡市优秀共产党员、中原优秀标兵等荣誉称号。2021年4月被授予全国五一劳动奖章，被中宣部和全国总工会选为全国“最美职工”。

不忘初心，潜心科研争一流

王书玉出生于河南省原阳县一个农民家庭，童年记忆中“吃不饱、穿不暖”是他最真切的感受。高中时期王书玉成绩优异，但饱受饥饿之苦的他，切身认识到粮食的重要性，带着“想让父老乡亲有吃不完的粮食”的梦想，从小一直比较听话的王书玉，高考报志愿时生平第一次违背父母意愿，毅然决然报考了河南农业大学农学专业，梦想着通过掌握农业技术造福乡民。1985 年毕业时，他再次“忤逆”父母和舅舅，放弃留在郑州工作的机会，怀揣着当年的梦想，选择到新乡市农科院搞起了农业科研——水稻育种工作。

水稻育种是个漫长而枯燥的活儿，新品种培育是项复杂又专业的工作，整地、划区、施肥、播种、育秧、插秧、田间管理、性状调查、杂交授粉、选株、收获、晾晒、考种、米质鉴定、选种等工作贯穿全年，既要有扎实的理论基础，又要有熟练的实际操作经验，既是脑力活，也是体力活。单插秧一项工作就需要 20 多天，拔秧、拴牌、运苗、栽插，每一个环节都不能出半点错，王书玉整日光着脚在稻田里，一干就是一天，脚上、腿上经常爬满了蚂蟥。由于常年这样泡在凉水里，更是落下了天一冷腿就疼的病根。

面对育种的复杂、辛苦和单调，王书玉并没有打退堂鼓。带着儿时的梦想，带着对水稻育种的满腔热爱，他钻到田间地头一门心思地观察、记载、研究，为日后育出优良品种打下了坚实的基础。

功夫不负有心人。经过“十年磨一剑”的刻苦攻关，1995 年，王书玉作为团队科研骨干育成了河南省第一个国审粳稻品种豫粳 6 号。该品种在 1995—2007 年期间一直为沿黄稻区、鲁中南稻区等地当家品种，居绝对优势地位，期间占该区水稻总面积的 80% 以上，为苏北、皖北主栽品种，并长期作为国家北方稻区、河南省、山东省粳稻区域试验对照品种。正因为有这种不怕苦不怕累的奋斗精神，1997 年，王书玉获得了进入工作岗位以来第一个荣誉称号——新乡市劳动模范。

就这样保持初心一路走来，36 年来，王书玉先后主持育成了豫粳 6 号、新稻 18 号等国审水稻品种 9 个，新稻 22、新粳优 1 号等省审水稻品种 7 个，并创造了多项河南省第一：河南省第一个自育超级稻品种——新稻 18 号，河南省第一个国审粳稻品种——豫粳 6 号，河南省第一个沿黄纯自育杂交粳稻品种——新粳优 1 号。其中新稻 18 号填补了河南省自育超级稻品种的空白，2010 年以来一直是我国黄淮稻区主导品种，是河南省粳稻良种区域试验的对照品种，也是目前河南省唯一的自育超级稻品种。

据不完全统计，王书玉主持培育的水稻品种在沿黄乃至黄淮稻区水稻生产上始终发挥着主导作用，累计推广 8700 多万亩，总增产稻谷约 44 亿公斤，新增社会经济效益 120 多亿元，对国家粮食安全、农民增产增收起到了一定的作用。

创新引领，推进稻作新模式

当今中国，温饱已得到解决，一味追求数量成为历史，稻米市场需求已由数量型向质量型转变。

2014 年、2015 年，王书玉凭借扎实的专业知识和创新精神，带领团队在原阳县农民种植专业合作社，研究探索出了成熟的沿黄稻区稻鳅混合种养方式。2016 年以来，他带领团队通过在原阳县太平镇指导建立稻鳅稻田混合种养示范基地，积极推广绿色高效农业生产新模式，带动广大农户增收致富、加快推进农业现代化。

2017 年，原阳县太平镇菜吴村 330 亩稻鳅种养核心示范区，水稻实收亩产653公斤，绿色稻米亩收入4230元（稻米按9元/公斤）；收获泥鳅55公斤/亩，泥鳅亩收入1100元。稻、鳅共作每亩毛收入5330元，减去成本2300元，净收益3030元，比普通水稻种植每亩增收1780元。

2018年，他指导的稻鳅共作标准化生产模式被中央电视台选中，经过一年的拍摄，2019年6月4日，制作完成的30分钟的专题片《稻鳅共作效益高》在中央七套《农广天地》播出，反响良好，有力提高了原阳大米在河南省乃至全国的影响力，进一步加快了河南省稻米产业绿色、健康、可持续发展进程。

心怀群众，万里稻香惠农民

习近平总书记强调，广大科技工作者要把论文写在祖国的大地上，把科技成果应用在实现现代化的伟大事业中。

为了心中的“稻香梦”，从开始水稻育种研究的那天起，王书玉就将自己的时间“三分法”来分解——1/3的时间在试验田，1/3的时间在工作室或实验室，1/3的时间在农民家、在农田里，30余年从未改变。

工作36年来，王书玉始终心怀群众，他最开心的有两件事：一是把自己变成农民——天天待在地里；二是把很多农民变成了自己——懂得科学种田。他在做好科研工作的同时，一直坚持向稻农传授技术，提供技术指导服务，解决技术难题。为了尽可能多地向农民普及技术，他经常天刚亮就下乡，天黑了还走在稻田里。他走遍了沿黄稻区的乡乡村村，将新品种、新技术推广到了农民家中和

◆ 王书玉和同事一起科研

田间地头。在很多村庄，每当王书玉经过，村民都纷纷打招呼："书玉哥，你又来了？""王老师，我家的水稻出了点毛病，帮我瞧瞧吧！"……熟得像自家的兄弟一样。

2021 年 7 月下旬，新乡发生特大洪涝灾害时，王书玉在外地参加劳模会议，无法及时赶赴现场，但他第一时间与稻区合作社负责人联系，了解水稻受灾情况，并制定《洪涝灾害后水稻田间管理意见》进行线上指导。出差回来后，7 月 27 日，王书玉立即带领团队科技人员到原阳县太平镇、官厂镇、大宾镇的多个村庄实地查看稻田受灾情况，指导稻农尽快排涝、科学进行受淹稻田水肥管理和病虫草害防治，并为原阳县太平镇旺盛种植专业合作社、东衙寺农牧合作社等 5 家合作社免费提供急需的化肥、农药、蔬菜种子等农资 6 万余元，指导他们科学施肥施药，针对个别地块因地势低、排水不畅，造成水稻死苗严重的问题，王书玉提出建议农户补种生育期适宜的蔬菜。

前些年，水稻条纹叶枯病在沿黄稻区大面积暴发，严重危害水稻生长，为让稻农少受损，王书玉带领团队日夜奔波，为稻农示范推广抗病品种，指导管理技术。新乡市平原新区祝楼乡蒙城村的示范种植田中，水稻不仅没有受到病害，还获得了前所未有的大丰收，很多地块亩产超过了800公斤，比往年普通品种增产近100公斤。为感谢王书玉及其团队，蒙城村的村民们专门为其送来匾额——科技服务结硕果，蒙城水稻创新纪。

看到老百姓脸上洋溢着丰收的喜悦，王书玉觉得所有的付出都是值得的。他认为，作为一名中共党员，做的事情不一定要轰轰烈烈，但只要能够坚守初心，始终牢记宗旨、牢记使命，把当初在党旗下的庄严宣誓，兑现成为民服务的一件件小事、实事，那么在平凡的岗位上依旧可以干得精彩。

36年的坚守，36年的钻研，36年的铮铮誓言，一路走来，有风有雨也有晴。王书玉说，水稻育种是个坚守初心、不断追梦的过程。那些水稻田不仅寄托着他的科学追求，更是他践行入党誓词并为之坚守奋斗终身的阵地。他会带着梦想、坚守着初心在这个阵地上不断前行！

全国总工会宣教部供稿

稻田守望者只为一粒“种”

◎余嘉熙　董君亚

不在实验室，肯定在稻田；不在家中，还是在稻田——河南省新乡市农业科学院水稻研究所所长、研究员王书玉最爱的地方，就是稻田。

“风吹稻香最让人沉醉。田地是育种科研人员最重要的实验室。”36年坚持守望，嫩绿与金黄在稻田里交替不息，王书玉没有辜负这片稻田，稻田也没有辜负他。

王书玉带领团队不仅先后育成水稻品种16个，而且所育品种在黄淮稻区4省——河南、山东、江苏、安徽累计推广8700多万亩，总增产稻谷44亿公斤，新增社会经济效益120多亿元。近期，王书玉荣获全国五一劳动奖章。

一粒种在心上的种子

在火辣辣的太阳底下挥汗如雨，在浓密扎脚的禾苗中不停穿梭，头顶上蚊虫追逐，裤管下两腿是泥，一站就是几个小时，这是水稻育种的工作环境。

“为农而学，学而为农。”王书玉一干就是36年。

出生于20世纪60年代的王书玉，成长于新乡市原阳县一个农民家庭，家人在田间辛苦劳作的场景让他印象深刻。

“长大后要当农业科技工作者，让家乡父老有吃不完的粮食。”这个想法如种子一般种在王书玉的心上——他报考了河南农业大学农学专业。1985年毕业后，他放弃了留在郑州的机会，选择新乡市农科院，开始了农业科研之路。

“搞育种比当农民‘苦’多了。”刚到农科院，王书玉很快发现，水稻育种漫长枯燥，需要有扎实的作物遗传育种学功底，还要能吃苦耐劳，整地、划区、施肥等几十个环节贯穿整个科研过程，单插秧一项工作就需要20多天，既是一项脑力活，更是一项体力活。

1995年，王书玉作为团队科研骨干育成了河南省第一个国审粳稻品种——豫粳6号。该品种在1995—2007年间一直为河南沿黄稻区、鲁中南稻区等地当家品种，并长期作为国家北方黄淮稻区、河南省、山东省粳稻区域试验对照品种。

之后，王书玉又先后主持育成了新稻18号等9个国审水稻品种，新稻22、新粳优1号等7个省审水稻品种，主持培育的水稻品种在沿黄乃至黄淮稻区水稻生产上发挥着主导作用，产生了很大的经济效益和社会效益。

一辈子的坚持与责任

一身泥土味，两袖稻花香。因育种成绩突出，王书玉 40 岁就被批准享受国务院政府特殊津贴，并收获了包括河南省劳动模范、河南学术与技术带头人等荣誉。但他没有停下创新的脚步，“创新必须与农民需要和市场需求紧密结合，除了保证水稻的食用安全，食用口感和绿色养殖方式也是要突破的课题之一”。多年来，王书玉的研究课题和研究重心也实现了由数量型向质量型转变，从最初的高产超高产育种到近几年绿色优质高效育种，努力研究质量更高的稻米。

2014 年、2015 年，在原阳县农民种植专业合作社里，王书玉带领团队研究探索出了成熟的沿黄稻区稻鳅、稻蟹的混合种养方式，随后在太平镇指导建立稻鳅、稻蟹稻田混合种养示范基地。这种绿色高效的农业生产新模式，比普通水稻种植每亩能增收 1780 元，泥鳅和螃蟹另有收入，带动了广大农户增收致富。

“我们赶上了好时代，这是基层一线科研工作者的黄金期，需要我们耐下性子坚持，静下心来打实基础，守得住寂寞。”王书玉说，培育优良品种，富裕千万农民是他一辈子的坚持与责任。

育种人的初心和梦想

1/3 的时间在试验田，1/3 的时间在工作实验室，1/3 的时间在农民家、在农田，工作后，王书玉把时间分成 3 份使用。田间育种研究是一种重复性较强的工作，王书玉乐此不疲。为此，他放弃了数不清的双休日、节假日，欠下了数不清的对家人的情，把汗水都洒在了他深深眷恋着的田里。

36年来，他走遍了沿黄稻区的乡村，了解各农区生产现状，总结农民丰产经验，并将新品种、新技术推广到了农民家中和田间地头。他的手机里存有700多个号码，其中400多个都是农民的。无论何时何地，只要给他打电话咨询问题，他都会耐心解答。

前些年，水稻条纹叶枯病在沿黄稻区大面积暴发，严重危害水稻生长。在当地，老百姓都说，这病治不住，稻都没法种了。

为让稻农少遭受损失，王书玉带领团队日夜奔波，为稻农示范推广抗病品种新稻18号，指导管理技术。前些年，新乡市平原新区祝楼乡蒙城村的示范种植田中，水稻不仅没有受到病害，还获得了前所未有的大丰收，很多地块亩产超过了800公斤，比往年普通品种增产近100公斤。

“农业要做得好，种业是关键。而育种最需要匠人精神！”王书玉说，种子是农业的“芯片”。一粒种子关系着中国人的饭碗安全，“从事科研工作36年，所有的坚守只为一粒‘种’，让农民吃饱、让土地生金、让粮仓丰盈，就是我的初心和梦想。”

《工人日报》2021年5月11日

“最美职工”王书玉：培育稻种推广4省　新增效益120亿元

◎卢　键

中共中央宣传部、中华全国总工会4月30日向全社会公布了2021年“最美职工”榜单。新乡市农业科学院水稻研究所所长、水稻育种专家王书玉上榜。

王书玉1985年从河南农业大学毕业后，怀着“让父老乡亲有吃不完的粮食”的梦想，放弃了在大城市工作的机会，来到新乡农科院从事育种科研工作。他先后主持育成了豫粳6号、新稻18号等国审水稻品种9个，新粳优1号等省审水稻品种7个。其中，新稻18号填补了河南省自育超级稻品种的空白，为目前我国黄淮稻区主导品种。由他主持培育的水稻品种在河南、山东、江苏、安徽4省累计推广8700多万亩，总增产稻谷约44亿公斤，新增社会经济效益120多亿元。

36年来，王书玉始终坚持脚沾泥土、心贴群众。在做好科研工作的同时，他走遍了沿黄稻区的乡乡村村，将新品种、新技术推广到农民家中和田间地头。他的手机号 20 多年没变过，里面存有 400 多个农民朋友的号码。

“做好农业科研工作是我的本分。我将倍加珍惜荣誉，继续开展种源‘卡脖子’技术攻关，打好种业翻身仗，让水稻育种研究更好地为当地当前农业生产服务，为培育出更优质的粮食而努力奋斗。”王书玉说。

《河南工人日报》2021 年 5 月 10 日

他是一粒“稻种”

——记全国五一劳动奖章获得者、市农科院水稻研究所所长王书玉

◎ 郭书武

研究稻种 36 年的王书玉，喜欢吃的却是面条。一碗捞面，五六分钟吃完。

“小时候养成的饮食习惯改不了，那时候哪吃过大米，都是馍、面条，馍也是红薯面馍、窝窝头，好一点的是花卷。”他解释道。

受饥挨饿在他的身体和精神上刻下了深深的痕迹：他成年身高 1 米 6 左右；1981 年高考时，前 3 个志愿都是农业院校。“我挨饿，不能再让老百姓挨饿。”

辛苦工作

1985 年毕业时，亲戚已经为王书玉在郑州一所本科院校找好了工作，可是他不忘当初立下的让农民吃饱的初心，坚持回到对口单

位新乡市农科院，成为水稻研究所的一名职工。

水稻育种漫长枯燥，整地、划区、施肥等几十个环节贯穿整个科研过程，哪个环节都来不得半点马虎，否则都可能出现差错。

研究水稻的王书玉，最怕两个环节：一个是插秧；一个是授粉。

插秧时，王书玉几乎每天光着脚在稻田里，一干就是一整天，单这一项工作就需要 20 多天，既是一项脑力活，更是一项体力活。蚊子叮、蚂蟥咬是家常便饭，由于常年泡在凉水里，落下了天一冷腿就疼的病根。

授粉时，正值 8 月，是水稻育种的关键时期。水稻开花时间一般在上午 10 点至下午 2 点半，王书玉和团队成员必须利用这短短的 4 个多小时，观察、记载育种材料的开花习性、选配组合和杂交授粉。

就这样，在一天中最热的时候，在别人吃午饭和午休的时候，他和团队成员的衣服已被汗水浸透，正一身泥水地在试验田里忙碌

◆ 王书玉在田间做杂交整穗工作

着。水稻开花不等人！他必须抓住这段关键的时间，完成数据采集和杂交授粉工作，否则时间一错过，一年的心血可就白费了。

午饭如何解决？前些年王书玉基本上是“五个一”的标配：一个馒头、一个鸡蛋、一杯水、一袋咸菜、一根黄瓜。趁着工作间隙，他凑着水管洗洗手，坐在田间地头，打开袋子就是一顿午餐。

选育稻种

王书玉在市农科院试验基地的办公室兼储物间，办公桌前 8 个花盆里装着 8 捆水稻，用红头绳分别系着，其中两捆分别印着“新稻 89”“新科稻 31”的字样。这是他 36 年研究稻种工作的代表作。

试验田里的水稻多达上万个材料种类，为了搞清楚这些性状各异的稻子，观察记载性状数据，王书玉经常早上一上班就下稻田，天黑了才回家。功夫不负有心人。经过“十年磨一剑”的刻苦攻关，1995 年，王书玉育成了河南省第一个国审粳稻品种——豫粳 6 号。该品种在 1995—2007 年一直是沿黄稻区、鲁中南稻区的当家品种，占该区水稻总面积的 80% 以上。

王书玉和团队成员栉风沐雨、全力以赴，在广阔的田野上书写了丰产丰收的最美答卷，先后培育豫粳 6 号、新稻 18 号等国审水稻品种 9 个，新稻 22、新粳优 1 号等省审水稻品种 7 个。

这些品种既有河南省第一个自育超级稻品种——新稻 18 号，也有第一个沿黄纯自育杂交粳稻品种——新粳优 1 号。

新稻 18 号填补了河南自育超级稻品种的空白，2010 年以来一直是我国黄淮稻区主导品种。2009 年，在江苏连云港东辛农场，经农业部组织专家验收，该品种创造了亩产 807.8 公斤的最高纪录。

王书玉主持培育的水稻品种在河南、山东、江苏、安徽 4 省累计推广 8700 多万亩，总增产稻谷约 44 亿公斤，新增社会经济效益 120 多亿元，为保证国家粮食安全、助力农民全面小康贡献了力量。

在单位，有人说他运气好，搞育种硕果累累，40 岁那年就被批准享受国务院政府特殊津贴。可是王书玉不这样看，认为是自己的“安、专、迷”——能安下心来、专心致志和痴迷其中。

秋风送爽之际，就是王书玉高兴之时。风吹稻田千层浪，田野处处稻花香。

如今，农民再也不会挨饿了，正在追求高质量的生活，这也成了王书玉培育口感更好新品种的动力。

绿色稻种

王书玉的微信名是“五谷丰登”，这既是对农民的祝福，也是自己努力的目标。

他不在工作室或实验室，肯定在稻田；不在家中，还是在稻田。除去出差，他的生活既简单又有规律，几乎是两点一线。

出身农民的他，现在是研究员，可是他更愿意与农民打交道，工作的 1/3 时间是在农村，手机里 700 多个号码有 400 多个是农民的，20 年没有变过自己的号码，只为方便农民需要时能够及时联系到他。

与农民贴得越近，越知道农民所思所想。近些年来，他和团队研究重点实现了由数量型向质量型的转变，从最初的高产超高产育种到近几年绿色优质高效育种，探索出了成熟的沿黄稻区稻鳅混合种养方式，随后在太平镇指导建立稻鳅稻田混合种养示范基地，带动了农户增收致富。

工作 36 年，王书玉最开心的是两件事：一是把他自己变成了农民——能够天天待在地里、辛勤耕种和收获；二是把更多的农民都变成了他——帮助他们学会了科学种田、发展高效农业。

种子是农业的芯片，一粒粒种子关系着中国人的饭碗安全。坚守育种 36 年的王书玉，早就把自己变成了一粒“稻种”，在让农民吃饱、土地生金、五谷丰登的道路上结出更多果实贡献出自己的力量。

《新乡日报》2021 年 5 月 14 日

最美职工

燕占飞

ZUIMEI
ZHIGONG

冲锋在前守阵地
疫情面前显担当

燕占飞，河南安阳人，大学本科学历，1993 年 11 月出生，中共党员，现任湖北省武汉市公安局蔡甸区分局大集街派出所副所长。

参警后，燕占飞被分配到武汉市西部最偏远的消泗乡派出所工作。工作中，勤学苦练、埋头实干，哪里需要警力，燕占飞便出现在哪里，治安、刑侦、交通、消防，行行出色。他在人民需要的时候挺身而出。2016 年，武汉突降连续暴雨，致使辖区通顺河蔡甸段水位上涨，周边村庄和路段全部被水淹浸，面对洪水侵袭，他和战友先协助安全转移 1.5 万名受困群众，之后又在断水断电、通信瘫痪的高温环境中，克服蚊虫叮咬、洪水浸泡的困境，连续奋战 56 天，以“空城”为家，守护洪区群众生命财产安全，得到了各级党委、政府和广大人民群众的充分肯定。2017 年 10 月，因工作出色，燕占飞被调到蔡甸街新农派出所担任社区民警。在担任社区民警的 2 年期间，他走遍辖区村湾社区，督促小区物业、企业单位雇保安、装监控、建视频，夯实人防、技防、物防基础。协调居民小区组建一支 90 人的巡逻队，守望邻里安全，参与建成两所智慧平安社区，辖区刑事警情同比下降 80%。2017 年年底，同济医院中法院区物业工作人员张某遭遇刷单诈骗，自己支付宝花呗被盗刷 9000 余元，燕占飞调查后发现，盗刷资金流入江苏连云港一个工厂电费账号。立案后，燕占飞带着受害人到蔡甸区供电局，结果被告知无法办理冻结退费，他又辗转联系上连云港警方，最终将电费账号冻结。燕占飞说："我把辖区的居民记在心里，他们才能将我当成自家人。"

在抗击新冠肺炎疫情武汉保卫战中，他时刻牢记习近平总书记的殷殷嘱托，充分发挥党员干部和新时代青年的先锋模范作用，始终奋战在最前沿，用使命和担当践行"疫情在前，公安当先"的铮铮誓言。疫情初期，面对防护物资极度紧缺的局面，燕占飞和同事们不惧危险、逆行而上，仅凭一个口罩、一把体温枪，整日整夜守护在进出城卡口和同济医院中法新城院区发热门诊部，以逆行者的姿态，筑起了守卫离汉通道的坚固屏障。得知分局要在火神山医院筹建警务室，他主动请战到火神山医院警务室工作，医院开工当晚，为确保从全国各地赶来的 4000 余台车、7500 余名工人，以及大量建筑设备有序入场，他和警务室的全体民警、辅警 24 小时泡在工地和马路上，不分昼夜承担交通疏导、巡逻值守等工作。作为驻点责任民警，他带领一支平均年龄不到 28 岁、最小只有 21 岁的突击队，牢记习近平总书记"青年可堪大任"的寄语勉励，昼夜坚守执勤。为做好勤务工作，燕占飞主动学习施工现场管理、劳资纠纷处理、病毒防护等知识，妥善处理群众求助、纠纷 140 余起，为火神山医院如期建成贡献了公安力量。2021 年 2 月 3 日，火神山医院正式接收病人，警务室的工作重点转向保卫医院及周边的绝对安全。

其间，燕占飞和同事们圆满完成习近平总书记等党和国家领导人视察的安全保卫工作，逆行保卫医院及周边 86 个日夜，守护 2900 余名患者治愈出院，实现了交通零事故、治安零发案、医患零纠纷。在火神山医院封控管理期间，部分患有高血压等基础疾病的患者需要家属递送日常药品，燕占飞主动担当患者生命药品的“摆渡人”，积极协助院方核实患者家属身份，并将家属送来的药品消毒后转交给院方联勤保障部门。疫情防控期间，燕占飞先后为 20 余名患者摆渡送药。燕占飞和同事始终践行“人民至上，生命至上”的崇高理念，与时间赛跑、同病魔较量，拼力守护生命。医院任务重、人手紧，燕占飞下勤后主动帮助清理垃圾、搬运物资。医院只接收转诊，对自行前来的病友，燕占飞耐心劝导、协调属地医院及时收治。部分患者入院时身份信息不全、既往病史不明甚至意识不清，燕占飞和同事组织对上万条人口信息逐一比对、识别身份、联系家属。87 岁的聋哑患者肖美珍转入医院时，正处于危重症状态，他们分 3 批筛选出近 200 条疑似信息，逐一排查，最终找到其家属协助救治，为成功挽救老人生命出了一份力。燕占飞和同事整日整夜守护在医院周边，并且和医院建立了联勤联保的微信工作群，方便日常沟通、及时解决问题。在有确诊病患入院及治愈病患出院时，燕占飞和同事及时进行交通管制，和武警一同守护救护车安全进出；在需要安保时，他们甚至研究方案到深夜；在需要查询病患信息时，燕占飞甚至半夜都会爬起来比对身份信息，为挽救生命献策献力。燕占飞的爱人铁肖会是协和江北医院重症隔离病房的护士。春节前夕，燕占飞夫妇果断退掉回家的火车票，一起留下坚守在战“疫”一线。“封城”以来，他们未曾见面、未曾踏进过家门，仿若仗剑江湖行侠

◆ 燕占飞维持秩序，保障通行

仗义的“神雕侠侣”，一往无前。“抗疫是一段永生难忘的经历，伟大抗疫精神永远激励我前行。”这是燕占飞经常挂在嘴边的一句话。解封后，燕占飞放下荣誉、回归片区，继续投身日常的纠纷化解、打击破案、防范宣传等公安工作。同时，燕占飞还先后参加全国优秀基层干部座谈会、全国抗击新冠肺炎疫情先进事迹报告会、青春在战“疫”中绽放——全国巡回宣讲报告会等活动，讲述新时代中国青年投身抗疫一线，不惧牺牲、无畏逆行，激发广大青少年持续掀起学习先进典型、弘扬伟大抗疫精神、投身强国伟业的热潮。

“这里没有山，但有山一样的人们。”“我要留下来，守护火神山。”这是燕占飞经常挂在嘴边的话，从参与城市封控到转战火神山医院，再到服务疫后经济重振，他积极维护社会治安、保护工地安全施工，打通生命通道、服务医生及病患家属所需。这山一样的担当、山一样的坚强、山一样的情怀，不知不觉融入他年轻的生命。

如今已担任大集街派出所副所长的燕占飞奔赴新岗位后，还主动要求担任钟陵社区的责任区民警，进村入湾、打击破案、防范宣传等，默默地为疫后经济重振、为群众的需要贡献力量，继续奋斗在党和人民需要的地方。

全国总工会宣教部供稿

用青春书写“汉警”担当

◎张　翀　杨槐柳

“我是来自湖北省武汉市公安局蔡甸区分局的民警，也曾是武汉火神山医院警务室责任民警。2020年，新冠肺炎疫情暴发后，我和4万名武汉公安民警、辅警送病患、保运转，守医院、护安全……”90后民警燕占飞如是介绍自己。

“我必须上”

“疫情在前，汉警当先。”2020年1月23日晚，火神山医院开建，正好在燕占飞的辖区。获此消息，他毫不犹豫报名参加秩序维护。

当夜，全国各地调集来的4000余台车、7500余名工人进场工作，上百台挖掘机开始平土。极短时间内，3.4万平方米的建筑工地和工地门前5公里长的道路上，聚集如此多的人员和车辆，亟须科学疏导。

燕占飞和50名战友不停地在工地和附近巡逻防控。“为了让医院早点完工、早点投入使用，火神山医院建设夜以继日，我们也得跟上节奏。”燕占飞和同事们脚板磨出水疱，嗓子喊得嘶哑疼痛，雨雪浸透警服……

“火神山医院如期完工，警务室也正式挂牌成立。警务室有 16 名战友，平均年龄不到 28 岁，最小的只有 21 岁。”疫情初期，防护物资紧缺，燕占飞和同事们每人仅凭一个口罩、一把体温枪守在医院周边，但他说：“我必须上。”

“做到最好”

在火神山医院执勤，让燕占飞记忆深刻的是两名医院建设工人。其中一名工人大拇指不慎被施工设备压断。接到求助后，他迅速赶到现场，联系汉警快骑队员，用摩托车带领受伤工人赶往医院治疗。这件事发生后，为应对工地突发状况，燕占飞把手机号码公开给工人们，让他们遇到困难随时联系。

还有一名来自湖北阳新的工人骆名良，在危险的时候来到火神山，拿到工资后第一时间全部买牛奶捐赠给了一线医务人员。得知这名工人的家庭并不富裕，燕占飞的泪水忍不住流了下来。“在火神山医院执勤，身处这么特殊的岗位，必须竭尽全力把工作做到最好，才不辜负大家。”

他和同事们在工作之余，还主动帮助清理垃圾、搬运物资，帮助病友协调属地医院及时收治。针对部分患者入院时身份信息不全、既往病史不明等情况，他们又组织人力对上万条人口信息逐一比对、识别身份、联系家属。

使命担当

铮铮铁骨的铁血男儿也有柔情时。燕占飞家有一名白衣天使，那就是在武汉协和江北医院当护士的妻子铁肖会。疫情防控期间，她奋战在重症隔离病房。夫妻俩曾两个多月未能见面。两岁多的孩子只能由父母帮忙照顾。

火神山警务室撤勤后，燕占飞回到了新农街派出所，社区巡逻防控、纠纷调处、防骗宣传等工作紧锣密鼓。新农地区工业园较多，为复工复产的企业当好“护航员”成了燕占飞的新任务。

2020 年 8 月 12 日，燕占飞被任命为大集街派出所副所长，承担社区、治安、内保等工作，不仅要带领社区民警一起干工作，还同时担任钟陵社区责任区的“片警”。

大集辖区共有 8 万名居民，他负责的钟陵社区就有 2 万多人。这个地处大集老街的社区，土生土长的本地村民多，矛盾纠纷突出。燕占飞到任第一天，就带领辅警到国新村、新塘村，了解排查居民苗头性、隐患性的纠纷问题。

上任不久，迎来解封后的 9 月开学季。辖区内共有 16 所中学、小学、幼儿园，检查每一个校园都不敢粗心马虎。检查学校围墙是否封闭，保安员是否有保安证，是否配备防暴装备，“一键报警”装置是否有效，校园内的监控视频覆盖范围、存储时间符不符合要求。“天眼”有死角，让学校尽快增设监控设备；消防控制系统有故障，马上督促请厂家维修……

“作为一名党员民警和新时代青年，在当前湖北武汉全力推进疫后重振之时，我更加懂得使命和担当。要做力所能及的事、尽点绵薄之力，让青春绽放绚丽之花。”燕占飞说。

《工人日报》2021 年 5 月 12 日

燕占飞："火神山卫士"奋斗的青春

◎ 谢俊思　杨槐柳

亮点　在值守火神山医院期间，不断完善快速反应机制，做强做实安保措施，实现辖区交通零事故、治安零发案、医患零纠纷。

语录　我们心中谨记，守护火神山医院就是守护生命的希望。

燕占飞，1993年生，现任湖北省武汉市公安局蔡甸区分局大集街派出所副所长，获得全国五一劳动奖章、全国抗击新冠肺炎疫情先进个人等荣誉。

2020年2月1日，火神山医院警务室正式挂牌，燕占飞作为驻点责任民警正式进驻值守。巡逻防范、矛盾调解、案件办理……火神山医院警务室挂牌后，燕占飞每天忙得脚打后脑勺，脚板磨出水泡，嗓子喊得嘶哑，雨雪浸透警服，身上湿了又干、干了又湿，"最多一天走了3万多步"。

为做好勤务工作，燕占飞主动学习施工现场管理、劳资纠纷处理、病毒防护等知识，妥善处理群众求助、纠纷140余起。2月3日，火神山医院正式接收病人，警务室的工作重点转向保卫医院及周边安全。燕占飞和同事们坚守整整86个日夜，实现辖区交通零事故、治安零发案、医患零纠纷。

从全市最偏远的乡村派出所，到中法生态城，再到守护火神山医院，一路走来，辖区群众对燕占飞印象最深的是，哪里最需要，他就出现在哪里。如今，武汉这座英雄的城市已恢复强劲发展的势头，曾经的“火神山卫士”也履职新的岗位。身为大集街派出所副所长的燕占飞主动要求担任钟陵社区的责任区民警，进村入湾打击破案、防范宣传，继续奋斗在党和人民最需要的前沿阵地。

“唯有劳动的青春最美丽，身为90后基层民警，想要把派出所的事情做好，就得脚踏实地、不甘平凡，认真对待每一起警情，在国家和人民危难之时能够挺身而出。”燕占飞话语铿锵。

《人民公安》2022年第1期

这里没有山，有山一样的人们，90后民警燕占飞守护火神山和同事争着为他人服务

◎尹勤兵　戴旻阳　杨槐柳　高　雷

“火神山，让我看到了中国力量、中国速度，更有中国青年的担当、中国人民的团结。可以这么说，这里没有山，但有山一样的人们。”2020年9月25日，获评全国抗击新冠肺炎疫情先进个人的27岁民警燕占飞，作为巡回宣讲团成员，在重庆沙坪坝区石井坡街向基层干部、群众分享自己的抗疫故事。

新冠肺炎疫情发生后，这个来自湖北省武汉市公安局蔡甸区分局的90后，作为武汉火神山医院的责任民警，坚守岗位86天，保障医院的建设和运转，用自己的肩膀扛起了如山的责任。

巡逻走着走着脚上的血泡就破了

2020年1月23日晚10时，当燕占飞站在医院建设场地外的知

音湖大道上时，4000 多台工程车辆（包括工人的自驾车、工程车、运输设备的车辆）和 100 多台挖掘机已经紧急集结。望着夜幕下的满眼灯光，燕占飞说不出的哽咽。

当天，原本已买好回家车票的燕占飞，得知武汉建设火神山医院，他第一个报名参加组建火神山医院警务室。因为，他管过医院治安，有经验。更因为，这里是他的辖区，责无旁贷。

当晚，燕占飞奉命赶到医院建设工地外，与闻讯赶来的同事分成两班，24 小时维护建设工地现场的秩序。2 月 1 日，火神山医院警务室正式挂牌，燕占飞与 5 名民警、10 名辅警成了首批入驻警员。

“降尘车往返消毒，整个工地的空气中弥漫着消毒水味。”据燕占飞的搭档黄迪回忆，当时，他们要不停地引导排着长龙的工程车进入工地，同时在工地和附近来回巡逻防控。

“来回一次我们就要消毒一次，消毒次数多了，双手都被染破了

◆ 风雪中，燕占飞带队在火神山医院附近巡逻防控

皮，裤管也褪了色。工地旁5公里多长的大道，泥泞难行，走一趟，鞋上、裤脚上就沾满了厚厚一层泥巴，一跺脚就能掉下一大坨。来回走多了，脚上都是血泡，走着走着血泡就破了，疼得厉害。有人统计了一下，一天走下来至少3万步。但换来的是，整个‘火神山’建设环境的平稳、有序。”

据不完全统计，从医院建设起，燕占飞和火神山医院警务室的战友们妥善处理群众求助、纠纷140余起，实现了交通零事故、治安零发案。

大家争着为他人服务并以此为荣

警务室16名警力，平均年龄不到28岁，最小的只有21岁，24小时轮流值班，派出所就成了他们休息落脚的“家”。

疫情防控期间，派出所几十个人全都“扑”了出去，有的巡逻，有的在高速卡点封控，有的在辖区医院外值守。派出所大厅常常看不到人，偶尔下班回所遇见同事，大家都默契地不搭话，直接睡觉，以便起床后攒足精力继续执勤。

每天放在保温箱里的饭菜由多变少，又由少变多，就成了传递彼此信息的一个桥梁，大家都在，大家都好。

在火神山医院执勤期间，默默奉献，感动别人的同时，燕占飞说，他也被许许多多的人感动。

2月6日，来自湖北阳新的骆名良在危险的时候来到火神山，干了6天活挣了7000多元工资。拿到工资后他全部买牛奶捐赠给了一线医务人员。据了解，他的家庭并不富裕，但这次捐赠却得到了全家人的赞成，得知此事，燕占飞忍不住流下了眼泪。

几天后，一名河南青年骑着摩托车冒雨来到警务室——穿着单薄，冻得浑身发抖，却大声告诉老乡燕占飞，他是一名厨师，想来火神山给病人们做饭，特地从老家驾车赶到武汉……

感动变成了爱，一传十、十传百，在火神山汇成了一座爱的大山。燕占飞说，在火神山医院，大家都争着为他人服务，尽最大努力服好务，并以此为荣。

2020 年 4 月 15 日，火神山医院正式关闭；4 月 17 日，火神山警务室正式撤勤。警务室民警累计为 20 余名患者送过药物、食品和衣物，为 10 余名失联的患者找到了家属。

七夕礼物付了定金一忙忘了付尾款

“你看，那里是爸爸曾经工作过的地方！”9 月 25 日晚，站在家中的阳台上，燕占飞的妻子铁肖会怀抱刚满 3 岁的儿子“小芒果”，遥指火神山医院的方向。燕占飞的家距离火神山医院直线距离约 6 公里。铁肖会是武汉协和江北医院的护士，疫情防控期间夫妻两人都在抗疫一线，孩子只好“丢”给岳父母照料。

“当时，燕占飞每天都很忙，两个半月时间我们才见了一次面。”铁肖会说，“那天，正好轮到他不值班，我提前打电话问他，晚上回家吃饭吗？他说回来吃，可直到深夜 12 点才回家。和我吃饭时，他假装和我一起吃得很香的样子，但我看得出来，他应该是吃过了，为了骗我开心，才说没吃。”

疫情防控期间，有一天，岳父支吾着给燕占飞打来电话：“家里快没菜下锅了，怕影响你工作，一直没说，我们带着孩子，不方便出门，你……能不能，送点菜回来？”

岳父是个不轻易麻烦别人的人，接到电话，燕占飞趁轮休到超市采购了一堆菜送到岳父家。为避免交叉传染，他本想不让儿子知道，躲在门后放下菜就走，可谁知还是被小家伙发现了。“要爸爸抱抱！”面对孩子期待的眼神，燕占飞只能狠心退入电梯，默默看着电梯门缓缓关上……

妻子铁肖会说，燕占飞工作一直很忙，工作之外的事，常常顾不了太多。2020 年七夕节，燕占飞本已预订了礼物，定金都交了，后来居然忙忘了付尾款，礼物就没买成。“他是一名人民警察，做的事都是为了人民群众，我们能理解。尤其是这次战‘疫’期间，他能成为火神山医院警务室的一员，我们全家都为之骄傲。”

在铁肖会记忆里，丈夫话不多。燕占飞却说，他有许多话想对家人说，当面又说不出，只好写在了日记里。

2 月 5 日凌晨，燕占飞在日记中写道：“很累，却毫无睡意，可能是因为愧疚。已经 16 天没见肖会了，奋战在前线，她比我危险。看到她发给我的图片，脸上被口罩勒出的印痕，我鼻头一酸，看着手机上儿子‘小芒果’的照片，心里有些难过……”

放下荣誉回片区一如既往上班

“所里现在情况还好吧？之前我手上还有一个化解纠纷的事情，不知道现在进行得如何了？”“你放心，纠纷已经处理好了，其他的工作也在有序开展中。”9 月 25 日下午，巡回宣讲告一段落的燕占飞，抽空和大集派出所教导员郭鹏视频通话，关心自己出外宣讲期间的工作情况。

燕占飞来自河南安阳，从小便有个警察梦——他的堂哥堂嫂都是警察。2014 年通过湖北省公务员招录考试，他成为蔡甸最西端的消泗乡派出所民警，并迅速成长为一个能处理户政、消防、交通、治安等各类基层派出所事务的“全能选手”。2017 年燕占飞调任新农街铁铺社区民警。

在新农派出所副所长方舟的印象中，“小伙子话不多，但有股子钻劲”，交办的事情从不谈条件。几毛钱的财务纠纷，几寸地的占地纠纷，为了解决辖区菜场内频发的小矛盾，燕占飞自制宣传单，带着小喇叭进菜场给商户、顾客宣讲打架危害，劝说大家依法维权，和气生财。

火神山警务室撤勤后不久，燕占飞被命为大集街派出所副所长兼钟陵社区“片警”。到任的第一天，他就带领辅警到国新村、新塘村走访，熟悉环境……

如今，知音湖畔的火神山医院虽已建起了围挡保护，两侧的执勤岗亭也交由专业保安人员值守，但石头雕刻的“武汉火神山医院”字样依旧醒目。

这里没有山，有的是像山一样的人们。如今他们已奔赴四方，继续奋斗。

《长江日报》2020 年 9 月 27 日

最美职工

马健

ZUIMEI
ZHIGONG

为家乡建桥的桥梁专家

马健，彝族，1981年8月出生，中共党员，云南大姚人，硕士，高级工程师，是一名来自云南山区的“桥梁工匠”，现任怒江美丽公路股份有限公司总工程师。先后荣获云南省五一劳动奖章、云南省第三届“云岭工匠”、云南省模范班组长、云南交通青年科学技术奖。

马健一直在一线从事技术工作，在桥梁技术方面颇有造诣，是云南省首座千米级桥梁的技术负责人，也是云南省的桥梁专家和“云岭工匠”。自参加工作以来，他践行劳动精神，参与和主持了上百座各种特殊、特大跨径桥梁的设计工作，目前云南省最大的前5座桥梁都是他主持设计的。其中，龙江大桥是亚洲最大山区钢箱梁悬索桥；虎跳峡金沙江大桥是世界上最大的独塔悬索桥；金安金沙江大桥主跨1386米，是世界上最大的峡谷悬索桥。这些作品获得多项省级优秀设计奖，其中龙江大桥获中国公路交通优秀设计项目一等奖。

比起业绩，马健更在意的是技术，他一直致力于技术创新。在龙江大桥设计中，山区普遍采用技术成熟的钢桁架，但桥位区是8

度高地震烈度区，钢桁架重量大，地震响应大。事实上若采用钢桁架方案，团队有参考实例和参考图纸，不需要花力气去创新，也不存在设计风险，但本着精益求精的工匠精神，他们一致要求进行钢箱梁方案比选，结果发现造价可以降低 25%，节省 3 个多亿。可是山区悬索桥采用钢箱梁全国都没有先例，也存在着很多难题，时间紧任务重，到底要不要创新呢，大家犯了嘀咕。“不怕，工作 8 小时不够咱们来 10 小时、12 小时，14 小时也行嘛，大不了通宵。”有人站出来了：“通宵怕什么，咱们搞设计的谁没通过宵。”更多的人站出来了。最后，为了节约国家的资金，大家挤出时间开展专项研究，解决了钢箱梁运输、场地、吊装、焊接等关键技术难题，产生了国内首次山区悬索桥钢箱梁技术创新。

比起技术本身，马健更在意的是技术的传承。他注重实践经验和工匠精神传承，热心于培养人才，注重团队文化传承。起初团队里都是刚毕业一两年的新兵，中坚力量较少。他以工程实践来锻炼人，手把手地将这样一批新兵培养成了云南省唯一一个能承担特大跨径桥梁特殊桥梁设计的团队。

马健作为从贫困县走出来的孩子，深入偏远山区，发挥自身优势助力脱贫致富。2020 年，马健离开工作了 16 年的设计院，调到怒江州负责怒江美丽公路的技术工作。怒江傈僳族自治州是国家深度贫困地区“三区三州”之一，虽然拥有世界四大峡谷之一的怒江大峡谷原生态自然资源，丙中洛、独龙江等各具特色的美景，以及傈僳族、独龙族等多姿多彩的少数民族风情，但由于交通的封闭，处于深度贫困。美丽公路和绿道建成后形成“快、慢”游的旅游交通网，有利于开发沿线生态旅游。到怒江之前，凭借着多年来积累的实践经验，他满怀信心，难度堪比建造航空母舰的千米级桥梁技术难题都啃下了，那么多条高速公路都建好了，一条只能人和自行车通行的绿道算什么。结果一到工地大家就傻眼了，绿道宽度2—4米，很多路段位于公路和怒江之间的悬崖峭壁上，人都下不去，怎么干？有的路段，上有泥石流下有滔滔江水，做什么结构才安全可行？有的路段穿越村庄，要拆民房，但老百姓才从山里易地安置，又要搬迁，绿道本来就是扶贫路，怎么能妨碍脱贫？有的路线与古树冲突，要砍树，但绿道建设为的是旅游扶贫，最宝贵的是绿水青山，怎么能破坏生态环境？怒江峡谷仅有一条二级公路，大型施工设备怎么运进来？在这么复杂的环境下建设一条窄窄的绿道，高速公路和大桥的经验、先进的航拍测量技术、早已标准化程序化的设计技术、大规模机械化的施工技术都用不上，怎么办？面对难题，马健和参建者们深深感到"这小小绿道比高速公路和大桥还难啊"。大家一起研究的时候，他想起老交通人说过的几十年前修建公路的艰苦奋斗，那时候没有先进的设备和技术，路线都是用脚一步步走出来的。

想到这儿，马健心中豁然开朗。虽然时代进步，技术先进了，但老一辈交通人吃苦耐劳的劳模精神没有丢，这接近300公里的绿道新一代的交通人照样也能走下来，大家纷纷认同，集思广益，提出了因地制宜、因形就势的原则，先进的技术和土办法都用上，在合适的位置采用合适的结构。298公里绿道的技术方案，每一座桥梁、每一段路基、每一个驿站都是他们这样一步步走出来、一步步现场确定下来的。悬崖人下不去测量不了，就用卷尺拴上石头垂下去测量；泥石流用桥，塌方落石用路基，江水上设悬挑桥；村庄里绿道弯弯折折、宽宽窄窄地从各家门前通过，不拆一间房子；哪怕付出更多的汗水来调整路线也要避让大树，或用花台把古树包在绿道里面，跟自然更融合；吊装钢桥时不能砍树，从两棵树的缝隙中穿过，用绳索拉开树枝来避免修枝；大型设备运不进去，就调整为采用小型设备的技术方案。通过这样贴合实际的现场处理方式，绿道工程量和造价降低，保护了环境，也节约了工期，有利于怒江州百姓早日享受绿道带来的红利，也为旅游产业扶贫致富和乡村振兴作出了贡献。

一分耕耘，一分收获。马健的无悔付出化作了高山峡谷间上的一座座各式各样的桥梁，连通了道路，连通了城市，连通了老百姓，也连通了人心。学无止境，奉献也无止境，马健将继续践行工匠精神，扎扎实实建好每一座桥，传承好工匠精神，为社会培养更多的合格工匠，为云南省“十四五”的交通建设和县域高速公路“互联互通”工程建设作出更大的贡献。

全国总工会宣教部供稿

誓把天堑变通途

——记怒江美丽公路股份有限公司总工程师马健

◎任　欢

如今的中国大地上，一座座钢铁大桥正穿越崇山峻岭、横跨江河湖海，让人们享受着交通便利带来的美好生活。而这些卓越的成绩，离不开一位位桥梁工作者的艰辛付出。80后彝族青年马健就是其中的一员。不久前，他获得了全国五一劳动奖章。

马健的老家在云南省楚雄彝族自治州大姚县。小时候，他和父亲往来邻近县时，总要穿过一条大峡谷。看山跑死马，峡谷没有路，每次从山上下到谷底，再从谷底爬上山，都要花费大半天时间。那时他心里就想，要是能有一座桥直达对岸，方便乡亲们出行该多好。

怀揣着这样的梦想，马健大学毕业后，毅然放弃了某著名设计院的邀请，选择回到了云南。很多人对此不理解，说他是“犯傻”，但他却说，自己要去为更多更有需要的人修桥。

参加工作以来，马健始终在一线从事技术工作，参与了上百座各种特殊、特大跨径桥梁的设计工作。世界最大峡谷悬索桥金安金沙江大桥、世界最大独塔悬索桥虎跳峡金沙江大桥、亚洲山区最大钢箱梁悬索桥龙江大桥等高山峡谷间的桥梁，都凝聚着马健的心血。如今，他已成为云南省桥梁专家和技术带头人。

虎跳峡金沙江大桥是马健和团队独立设计的第一座超大跨径桥梁。大桥位于虎跳峡峡谷景区内，当地地形陡峭，如果修建常规的双塔悬索桥，就意味着要在陡峭的山壁上开挖大平台，不仅破坏了生态环境，而且造价昂贵。更为棘手的是，桥下有一条进入景区的道路，旺季时车流量较大，届时如何保障道路的通行安全？

面对重重困难，马健和团队大胆突破创新，把常规的双塔悬索桥设计为独塔悬索桥。一位曾经指导过他的桥梁专家看到方案后说："你们胆子太大了，还没学会走，就想跑。"

为了确保新结构的可靠性，他们对关键的复合式索鞍进行了专项技术攻坚，对重达 200 吨的索鞍按照 1∶4、1∶2.5、1∶1 的比例

◆ 马健在腾冲保腾高速公路龙江大桥施工现场处理索塔钢筋问题

做了 3 个模型进行试验研究。通过一次次试验、一次次修正，他们最终顶住了压力，创新了一种适用于山区的新桥型，技术水平处于国际领先地位。

2020 年，马健开始负责云南省怒江美丽公路的总体设计工作。在设计匹配的绿道时，面对很多地方无法使用大规模机械化施工技术等难题，马健和团队提出了因地制宜、因形就势的原则：人下不去悬崖无法测量，就用卷尺拴上石头垂下去测量；泥石流用桥，塌方落石用路基，江水上设悬挑桥；大型设备运不进去，就调整为采用小型设备的技术方案。就这样，近 300 公里绿道的技术方案，每一座桥梁、每一段路基、每一个驿站都是他们一步步走出来、一步步现场确定下来的，不仅降低了工程量和造价，也保护了环境。“作为设计者，希望自己能够用智慧和双手早日造福一方群众。”马健说。

一分耕耘，一分收获。马健将自己的青春化作了高山峡谷间的一座座各式各样的桥梁，它们连通了道路，连通了城市，连通了群众，也连通了人心。

《光明日报》2021 年 5 月 6 日

云岭天堑“筑梦师”

◎黄　榆

云岭大地，一座座桥梁与隧道，犹如纽带将高山流水阻隔的道路连接在一起，成为独特的风景线。

2016年4月20日，位于云南保山至腾冲高速公路的控制性工程——龙江特大桥合龙通车，这意味着从昆明到腾冲实现全高速的通行。龙江大桥桥面距离谷底380米，主桥跨径1196米，是目前亚洲山区最大跨径的钢箱梁悬索桥，像一道彩虹飞越龙江天堑。

“龙江大桥是我建设的第一座超大跨径桥梁。从2007年参与大桥设计，2011年在现场做后期服务，2016年大桥通车，这前后共花了9年时间。”云南交投集团怒江美丽公路股份有限公司总工程师马健说。

自2004年参加工作以来，马健一直在一线从事技术工作，是云南省首座千米级桥梁的技术负责人，也是云南省的桥梁专家和“云岭工匠”。

他参与和主持了上百座各种特殊、特大跨径桥梁的设计工作，目前云南省最大的5座桥梁都是他主持设计的。这些作品获得多项省级优秀设计奖，其中龙江大桥获中国公路交通优秀设计项目一等奖。

勇气与挑战

马健的“作品”颇多，龙江大桥最令人印象深刻。这是云南省第一座千米级桥梁，是中国超级工程。

“这个项目技术难度大。当时云南最大的桥是主跨380米的澜沧江大桥。一般来说，桥梁跨度每增加100米，技术难度就会上一个阶梯。150米以上就可以称之为特大桥了，跨度从380米飞跃至1196米，难度可想而知。”马健说。

为了克服设计团队没有相关经验等短板，马健团队在专业技术方面，通过成果上互相“挑刺”又努力拔刺的竞争协作，不断提出新方法新思路新技术，以追求尽善尽美来求得最优解。比如钢梁选型——钢梁分项团队最初抛出钢桁架方案，技术成熟，运输方便；随后其他团队来“挑刺”。

他们通过钢箱梁方案比选，发现造价可节省3亿多元，还能方便施工和减少养护费用。可山区悬索桥采用钢箱梁全国没有先例，也存在很多难题。时间紧任务重，到底要不要创新呢？经过权衡，大家一致决定成立技术攻坚组，研究解决钢箱梁运输、吊装、焊接等关键技术难题。

“在这个过程中，我们掌握了千米级悬索桥的核心技术，个人技能有了较大提升，成长为云南省唯一一个能承担超大跨径桥梁设计的团队，也完成了两座世界第一的桥梁。”马健说，3200多个日日夜夜的努力，不仅圆了自己的梦，也完成了技术上的突破。“这让我们拥有挑战更大跨径、更复杂桥梁的勇气、经验和能力。”

追求与坚持

在工作中，马健尤其在意技术传承，注重实践经验和工匠精神的传承，热心培养人才。起初，他的团队里都是刚毕业的新兵，中坚力量较少。马健以工程实践锻炼人，手把手地培养锻炼新人。

“干就好好干，50年后100年后，甚至我们都不在了，后人说起这个桥、看到这个桥，还会给我们一个正面的评价。我愿意做这样的事情。”马健说。

马健的家乡在云南省楚雄州大姚县，是山区，有很多的深沟峡谷。以前交通不发达，到昆明要花一天的时间。“那时我就想要是以后能建一座桥，直接跨越省时省力，也方便百姓该多好啊！”从那时起，建桥就成了马健一生的追求和梦想。

马健先后荣获云南省五一劳动奖章、云南省第三届“云岭工匠”、省模范班组长、云南交通青年科学技术奖。近期，他又荣获全国五一劳动奖章。

马健认为工匠精神就是坚守热爱、精益求精、责任担当。要牢牢把握住中国飞速发展的好机遇，让华夏大地见证这一座座桥梁跨越天堑。

《工人日报》2021年5月13日

马健：天堑架桥，连通更好的日子

◎ 郎晶晶

实现儿时的梦想是一种什么样的体验？云南省桥梁专家、全国“最美职工”马健做了最佳的诠释。马健在楚雄彝族自治州大姚县的大山里长大，每当和父亲花整整一天时间翻越江底河大峡谷到永仁县时，他总会想：“要是能架一座桥就好了！”

后来，马健怀揣着这个梦想成为一名桥梁设计师，主持设计了江底河特大桥，而今这座大桥即将建成通车，过去的“一天时间”即将缩短为“一分钟”。

2004 年从同济大学桥梁工程系毕业后，马健谢绝了沿海发达地区大企业的高薪邀请，毅然选择回到家乡，在云南省交通设计规划研究院有限公司从事桥梁设计工作，一干就是 16 年。

在大山里建桥，要和高山地形、高地震烈度、复杂地质条件三大难题“较量”，用马健的话说：“云南的每一座山都不同，意味着每一座桥的设计也不同，没有可以直接复制的经验，必须不断创新。”

◆ 马健在虎跳峡金沙江大桥施工现场处理吊索受力变形不均匀问题

2007 年，马健带领团队参与设计龙江特大桥。在业内，跨径 150 米以上的大桥就算得上是特大桥，当时云南最大的桥梁也仅为 380 米，龙江大桥不仅跨径长达 1196 米，还地处高地震烈度山区，若利用当时技术成熟的钢桁架，那么突发地震时极易受到影响。面对难题，马健带领团队大胆尝试、小心求证，用了 9 年时间，实现了国内首次山区悬索桥钢箱梁技术创新，比原来的钢桁架方案节约投资 3 亿多元。

在建设虎跳峡金沙江特大桥时，为了解决峡谷高差大、地势陡峭，又地处横断山地质断裂带等难题，马健带领团队顶着巨大压力，创造性地采用了独塔地锚式悬索桥结构，既减少了开挖、保护了环境，又降低了造价、节约了资源。马健说："任何桥梁设计没有唯一解，但是一定有最优解，我们工程师的毕生追求就是找到这个最优解。”在马健主持设计的上百座桥梁中，云南目前最大的 5 座桥梁都在其间。

如今，马健带出的团队已经可以独立承担超大跨径桥梁设计。2020 年，他又承担了新的使命，担任云南交投集团怒江美丽公路股份有限公司总工程师，参与大滇西旅游环线怒江美丽公路绿道工程建设。美丽公路绿道要兼具骑行、步行、观景等旅游功能，是全新领域的全新挑战。面对怒江大峡谷山高谷深、地形陡峭、地质复杂、运输和施工条件差等困难，马健和身边的云南交投人一起用脚步丈量 298 公里绿道的每一座桥梁、每一段路基、每一个驿站，以因地制宜、因形就势的方式确定了贴合实际的技术方案。

《云南日报》2021 年 5 月 24 日

最美职工

王振强

ZUIMEI
ZHIGONG

英雄机车的带头人

王振强，1986 年 11 月出生，中共党员，现任中国铁路北京局集团公司丰台机务段“毛泽东号”机车组司机长兼班组党支部书记。参加工作 16 年来，他始终践行报效祖国、忠于职守、艰苦奋斗、永当先锋的“毛泽东号”精神，在平凡的岗位上做出了不平凡的成绩。他先后获得北京局集团公司“毛泽东号”司机、北京局集团公司先进生产（工作）者、京铁工匠、全国铁路技术能手、首都劳动奖章等荣誉称号。他所在的“毛泽东号”机车组是全国铁路的一面旗帜，截至 2021 年 2 月，“毛泽东号”机车已连续安全走行 1151 万公里，相当于绕地球 288 圈。在新中国成立 70 周年之际，“毛泽东号”机车组被授予全国最美奋斗者集体称号，这是几代“毛泽东号”人的荣光。

铸“恒心”，成为英雄机车的带头人

2005 年参加工作至今，王振强先后担任内燃机车副司机、内燃机车司机、电力机车司机，安全驾驶机车 1300 余趟。2008 年 9 月，他经过组织严格选拔、考核，加入“毛泽东号”机车组。第一次登上“毛泽东号”机车时，司机长叮嘱他“要开‘毛泽东号’车，先做‘毛泽东号’人，要成为一名合格的‘毛泽东号’人，就要时刻做思想政治的合格人、安全行车的规矩人、运输生产的带头人”。他将这些要求铭刻于心，努力拼搏奋斗。为练就过硬本领，他放弃休息时间，认真学规背规用规，经过无数个日夜的反复练习，把技规、行规、非正常行车处理办法等业务知识记在心里，刻在脑子里，攥在手里，成了“规章一口清、技术一手精”的技术能手。

2014 年 12 月 25 日，“毛泽东号”机车第五次换型，使用 HXD3D 型电力机车。刚开始，机车组的同事们对机车特性了解不深，操作不熟。他就暗下决心，一定要在第一时间将机车知识学透、学精。那段时间，他将自己所有的业余时间都用在了学习机车原理上，不论是出勤前、中间站等候列车还是在驻班点休息，他都会拿出书本反复学习，不断向经验丰富的师傅请教，努力提高自身技术业务素质，凭着蚂蚁啃骨头的劲头，在短时间内便掌握了新型机车的操纵和故障处理方法。一路走来，从一名普通的机车乘务员到电力机车高级技师、“毛泽东号”机车组副司机长、“毛泽东号”机车组司机长，与他严于律己、吃苦耐劳的性格是分不开的。

成为团队带头人后，他深知仅仅自己会还不够，还要带动身边人学。在技术业务上，他对车组成员要求非常严格，为了提高大家应急故障处理能力，他制定了每月一考制度。每次考试项点做到机车全覆盖，要求在 10 分钟内检查出所有故障假设，对不过关人员实行“学不会、背不过、不上车”制度，继续开展强化训练，直到考核通过为止。他将机车各部件位置、原理、故障处理方法制作成图片、PPT 和视频，带领机车组成员一点一点钻研、一步一步练习，在他的带动下，机车组的学习氛围更加浓厚，成员们个个成了业务上的行家里手。

重“创新”，成为发展进步的领军人

在全员落实标准化作业的基础上，王振强积极推行安全风险管理。通过开展案例警示教育、风险预警提示、值乘视频与运行监控同步分析等措施，引导大家牢固树立安全是生命线和清零键的思想。他要求车组成员们在作业过程中，严格落实“30 字一次出乘作业标准”，呼唤应答一句不能错、手比眼看一点不能差、联控用语规范准确、操纵列车安全平稳，力求在落实作业标准上追求极致。

王振强依托创新工作室，围绕机车运用、列车操纵、故障处理、节支降耗等方面，带领机车组成员积极开展技术改造、革新，解决了许多一线职工关心关注的难点问题。针对乘务员遇到非正常情况时，行车凭证使用方法培训效果不理想的问题，他与工作室成员不断探索、总结经验，研发出便携式行车凭证教学演练装置。乘务员可以利用零散时间进行学习，做到学在平时、用在关键，取得了良好的培训效果。

针对乘务员教学培训内容更新不及时的问题，王振强组织创新工作室成员全部取得了段兼职教师资格，录制“毛泽东号”微课，重点讲解机车故障处理、非正常行车知识，每周在段教学平台“企教通”上进行发布。目前，已制作完成微课视频 70 余部，为广大乘务员学习技术业务提供有力支持。

在创新工作室成员的共同努力下，王振强带头研发出便携式机车石英砂回收装置、VR 机车交互式演练系统等创新成果 10 余项，其中防止误碰监控装置新型开关、机车抬头显示器等 4 项成果获得国家专利，用“小创造”解决了安全生产的“大问题”。

用“真心”，成为班组成员的贴心人

王振强始终坚持严管厚爱并重，关怀依靠为先，以聚人心、暖人心、稳人心为切入点，在短时间内系统规范了机车组管理，下大力气开展团队建设。他以建设自控型班组为目标，创新“五大员”管理模式，分别负责支部建设、工会工作和机车安全、质量等方面的工作，让班组成员都有机会参与到团队建设中。

自接任以来，王振强坚持把职工冷暖记在心里，做到管理上严要求，工作上真帮助，生活上真关心。每逢新人上车，他都会赠送一套《毛泽东选集》、带领新人参观一次“毛泽东号”机车展室、为新人讲一次“毛泽东号”机车历史，为新人扣好加入机车组后的第一粒扣子。他始终坚持“四必到”的工作方法，做到婚丧嫁娶家访必到、家庭遇困难关心必到、思想有波动谈心必到、工作出成绩鼓励必到。他坚持定期开展职工家属联谊活动，利用休班时间组织交流谈心，赢得了家属对乘务工作的理解与支持。

作为班组党支部书记，王振强一直注重从思想、政治、工作、生活上关心关注党员职工，每月组织党员召开座谈会，大家敞开心扉、畅所欲言，为支部工作建言献策。通过开展谈心走访、节日慰问、结对帮扶、患病探望等工作，有效提升班组党支部的凝聚力和向心力，营造了“一家人、大家亲”的良好氛围。

守“初心”，当好红色基因的传承人

作为“毛泽东号”人，王振强把传承、弘扬“毛泽东号”精神视为永恒追求，带领车组成员始终冲锋在党和人民最需要的第一线，初心不改、从无缺席。2020 年，面对突如其来的新冠肺炎疫情，身为“毛泽东号”司机长的他，第一时间把机车组成员组织起来，召开党员大会，面对党旗庄严宣誓，郑重写下“请战书”。“毛泽东号”担当的 Z1/2 次旅客列车作为丰台机务段唯一穿越湖北、经停武昌的列车，疫情防控压力可想而知。王振强详细制订了 12 项防护措施并严格执行，带领机车组 15 人连续 3 个月不回家，班组成员轮流换岗，

◆ 王振强在检查机车设备状态

常住单位备班，为赢得武汉保卫战、湖北保卫战的全面胜利积极贡献力量。

为了进一步提升“毛泽东号”的影响力，他带领车组成员主动利用休班时间，到“毛泽东号”机车展室讲解车史110余场，接待参观者2000余人次，让奋斗者最美丽、奋斗者最幸福的主旋律更加强劲、更加响亮。

在党史学习教育中，作为班组党支部书记，他第一时间组建宣讲小组，讲述新时期“毛泽东号”人肩负的使命任务，围绕弘扬“毛泽东号”精神，讲清学党史的目的意义、任务要求、方法措施；他将学党史与学车史有机结合，邀请85岁高龄的“毛泽东号”第七任司机长陈福汉到“毛泽东号”机车展室为车组年轻党员讲述“毛泽东号”在革命、建设、改革时期的红色故事，引导党支部全体党员以史为镜，更加生动理解“毛泽东号”精神的科学内涵，汇聚起保运输安全的奋进力量。

今后，王振强将带领机车组成员们继续勇担“交通强国、铁路先行”的历史使命，用工人阶级先锋队本色不变、初心不改、使命必达的决心，驾驶着“毛泽东号”机车，以安全正点平稳舒适的优异成绩为党的二十大胜利召开献礼。

全国总工会宣教部供稿

书写英雄机车新传奇

◎ 赖志凯

“出站信号绿灯……北京西站，客车 Z1 次列车启动！”4 月 29 日 18 时，伴随一阵轰鸣，“毛泽东号”机车牵引满载旅客的列车驶出，开往湖南长沙。

王振强目视前方，右手紧握着操纵手柄。这名 85 后小伙子，是有着 75 年光辉历史的“毛泽东号”机车组第十三任司机长。安全驾驶机车 1300 余趟，王振强先后获得首都劳动奖章、全国“最美职工”、全国五一劳动奖章等荣誉称号。

1946 年 10 月 30 日，“毛泽东号”机车诞生于解放战争的烽火硝烟中，奋勇支前，屡建奇功。1949 年 3 月，机车奉命随解放大军南下入关，落户中国铁路北京局集团公司丰台机务段。截至 2021 年 3 月，“毛泽东号”机车已连续安全走行 1155 万公里，相当于绕地球 288 圈。

磨炼技艺成为领军人

2005年9月16日，“毛泽东号”实现安全走行800万公里。那时，刚参加工作的王振强第一次见到“毛泽东号”机车——一台东风4D型1893号内燃机车。

王振强了解到担任“毛泽东号”机车司机要经过严格的选拔，思想品德、技术业务都是高标准、严要求。从那一刻起，他暗下决心，立志一定要成为一名“毛泽东号”机车司机。

2008年9月，经过组织严格选拔、考核，王振强加入“毛泽东号”机车组。第一次登上“毛泽东号”机车时，老司机长叮嘱他“开‘毛泽东号’，要时刻做思想政治的合格人、安全行车的规矩人、运输生产的带头人”。

机车组时常在整备线上练习火车头的连挂作业，把小木棒立在驾驶室的操纵台上，看谁操纵时木棒不倒；挂车时，在车钩上放置倒满水的杯子，看看谁能做到一滴不洒。作为一名“毛泽东号”的合格司机，还要默背下线路沿途每一架信号机的专属号码。这个号码代表着公里数，机车到达这架信号机，司机就能知道准确的位置。

11年里，王振强经受住了师父的“魔鬼式训练”，练习以毫米为精准度掌控手柄的驾驶技术。为了掌握好控制转速的技能，他花了近一年时间，刻苦学习京九线的线路工作面，从不熟悉到了如指掌。

一路走来，从一名普通的机车乘务员到电力机车高级技师，王振强先后担任内燃机车副司机、内燃机车司机、电力机车司机，安全驾驶机车1300余趟。2019年，32岁的他成了“毛泽东号”机车组领军人。

“小发明”解决“大问题”

成为团队带头人后，王振强深知仅自己会还不够，还要带动身边人多学习。他将机车各部件位置、原理、故障处理方法制作成图片、PPT 和视频，带领机车组成员一点一点钻研、一步一步练习。在他的带动下，机车组的学习氛围更加浓厚，成员们都成了行家里手。

王振强在作业过程中发现，列车管连接时，连接角度经常出现偏差造成连接困难，由于连接处经常弯曲，很容易造成漏风和老化现象。为解决这个问题，他依托创新工作室，经过 10 多个版本的选择、改良、试验，制作出一种新型的风管连接角度转换器，使风管连接处实现 360 度旋转，有效解决了安全隐患，用“小创造”解决了安全生产“大问题”。

就这样，围绕机车运用、列车操纵、故障处理、节支降耗等方面，他带领创新工作室成员积极开展技术改造、革新等，解决了许多一线职工关心关注的难点问题。

在与创新工作室成员的共同努力下，王振强带头研发出便携式机车石英砂回收装置、VR 机车交互式演练系统等创新成果 10 余项，其中 4 项成果获得国家专利。

艰苦奋斗永当先锋

75 年来，“毛泽东号”的发展历程已经凝练成了一种精神：报效祖国、忠于职守、艰苦奋斗、永当先锋。

王振强把传承、弘扬“毛泽东号”精神视为永恒追求，带领车组成员们始终冲锋在党和人民最需要的第一线，初心不改、从无缺席。

2020年，面对突如其来的新冠肺炎疫情，他第一时间把机车组成员组织起来，召开党员大会，面对党旗庄严宣誓，郑重写下“请战书”。

“毛泽东号”担当的Z1/2次旅客列车作为丰台机务段唯一穿越湖北、经停武昌的列车，疫情防控压力可想而知。王振强详细制定了12项防护措施并严格执行，带领机车组15人连续3个月不回家，轮流换岗，为抗疫积极贡献力量。

王振强说，“毛泽东号”精神就是对安全的承诺。在1593公里的铁路线上，他带领着机车组践行“毛泽东号”平凡而又伟大的传奇使命。

“在新时代，‘毛泽东号’一如既往冲锋在前，它的身影穿梭在神州大地，汽笛声响彻在天际云端，精神铭刻在历史的沧海桑田间。”王振强掷地有声。

《工人日报》2021年5月14日

红色基因，在“毛泽东号”传承

◎郑　莉

题　记

一台悬挂着金色毛泽东像的火车头，冲破硝烟、穿越时光，呼啸而来。

这就是“毛泽东号”机车，一列诞生于战火纷飞年代、承载着红色基因的火车，一路驶来，创造出一个又一个奇迹，更体现着工人阶级跟党走的意志。

70 年，新中国发展的步伐一路向前，“毛泽东号”奔驰在祖国的广阔大地上。车轮滚滚，13 任司机长、179 名机车乘务员与这台机车一起，见证了铁路的发展、国家的巨变，更践行着不变的“毛泽东号”精神：报效祖国、忠于职守、艰苦奋斗、永当先锋！

在新中国成立 70 周年到来之际，“毛泽东号”机车组入选“最美奋斗者”名单，并接受表彰。

2019年8月6日上午8点16分，长沙至北京西Z2次旅客列车平稳停靠在北京西站第一站台。火车头上，红色旗帜托起的金色毛泽东像在夏日的阳光下熠熠生辉。这辆机车就是大名鼎鼎的“毛泽东号”。

“Z2次列车正点到达！”第十三任司机长王振强话音刚落，一阵热烈的掌声响起。这次安全抵达，“毛泽东号”再次刷新了中国铁路机车的一项重要纪录——安全走行1100万公里，相当于绕地球275圈。

1946—2019年，13任司机长、179名机车乘务员与这台机车一起，穿越战争的枪林弹雨，冲破唐山地震、汶川地震的艰难险阻，为前线、灾区运送重要物资，更在和平年代护送一批批旅客回家与亲人团圆。

73年，峥嵘岁月。承载红色基因的“毛泽东号”和司机们，一路向前，不曾停歇。

命　名
伟大征途由此启程

王振强的师父是第十二任司机长刘钰峰，作为80后的他已经拥有专属的百度百科——全国优秀共产党员、全国五一劳动奖章获得者、2018年“最美铁路人”。

快人快语的刘钰峰说：“这些荣誉不是给我个人的，而是我们整个‘毛泽东号’机车组。”他把奖章放入了“毛泽东号”机车展室的一个玻璃橱窗里，其中陈列着历任司机长收获的奖章。

◆ 王振强驾驶“毛泽东号”

每当有新选拔的司机进入班组，刘钰峰都会在这个展室为参加培训的“徒弟们”讲授“第一课”——“毛泽东号”车史。

“‘毛泽东号’机车诞生于炮火纷飞的战争年代……”数十次讲解，刘钰峰总会在一张老照片前驻足良久。有些模糊的黑白照片上，巨大的蒸汽火车头斑驳破旧，车身和铁轨上站满铁路工人。

据资料记载，抗战胜利前夕，溃逃日军大肆破坏设备。为了保留战略物资，铁路工人把这台机车隐匿起来。1946 年，解放战争打响，哈尔滨机务段原有的几台破旧蒸汽机车远远无法满足为前线运输物资的需要。此时，工人们想起了那台被藏匿起来的机车。在中国共产党的领导下，哈尔滨机务段的铁路工人开展了“死车复活”运动。

为了抢修机车，工人们吃住在现场，像沙里淘金一般反复在废铁堆里寻找可用的材料——在连续抢修 27 个昼夜后，临近报废的旧机车摇身变成了车身油黑锃亮、铜钟金光耀眼的崭新机车。1946年10月30日，经中共中央东北局批准，这台机车被正式命名为“毛泽东号”。

随着首任司机长陈捷三拉响的第一声汽笛，这台承载着中国铁路工人希望与梦想的“火车头”滚滚向前，开启了长达73年的伟大征程。

“解放军打到哪里，铁路修到哪里，‘毛泽东号’就开到哪里。”1949年3月，带着这份豪迈誓言，“毛泽东号”机车组奉命随解放大军南下入关，落户丰台机务段（现为中国铁路北京局集团有限公司丰台机务段），承担起运送部队和战争物资的重任。

50年后，刚满19岁的刘钰峰来到丰台机务段，以岗位培训第一名的成绩被选拔到“毛泽东号”机车组，一干就是20年。

“‘毛泽东号’机车是中国铁路史上一颗璀璨的明星，是‘火车头里的火车头’！”刘钰峰意味深长地望向身旁的年轻人，“能够成为‘毛泽东号’的司机是幸运的，不过，艰巨的任务和挑战也在等着你们！”

任　务
急难险重任务的“首发车”

2008年5月12日，四川汶川发生8.0级特大地震。这是新中国成立以来破坏力最大的地震，也是唐山大地震后伤亡最严重的一次地震。

一时间，大量“抢”字头救灾列车源源不断开往灾区，“毛泽东号”第十一任司机长赵巨孝带着机车组全体乘务员冲在了最前头。

只有一天准备时间，来不及和家人告别；坐在驾驶室目不转睛盯着前方纵横交错的铁轨，一口气跑出 200 多公里，以最快速度更换内燃机车头，继续奔向灾区……提起 11 年前的那趟运输任务，刘钰峰记忆犹新。当时，他还只是一名普通值乘司机，心里却始终牢记赵巨孝反复叮嘱的一句话：“越是困难越向前，铁路工人永远是冲在前面的火车头！”

每当遇到急难险重任务的时候，“毛泽东号”机车都是那台“首发车”。

当年，“毛泽东号”的第一个任务不是运输而是排雷。当时，滨绥线乙线被日本人埋上了地雷，开通需要先排雷。“毛泽东号”必须带头往上冲。

带头冲不等于蛮干，工人们想了一个办法——将三辆运货的平板机车加在车头前方，炸飞一辆再换上一辆。一趟趟跑下来，“毛泽东号”顺利打通了铁路线。

“毛泽东号”创造的奇迹还有很多：新中国成立之初，为了培养铁路职工的主人翁意识，“毛泽东号”机车组奉命前往郑州、济南等地首推包车责任制；抗美援朝时，“毛泽东号”率先倡议开展“超轴运动”，创造了比标准定数超轴 18% 的纪录；唐山大地震时，“毛泽东号”赶赴重灾区丰润、古冶抗震救灾，连续奋战了两个月……

激情燃烧的岁月已成历史，如今“毛泽东号”的主要任务是运送旅客。看似平淡的工作，要圆满完成却并不轻松。

“毛泽东号”机车组成员都会牢记一组数字：“1893”，这是“毛泽东号”机车的专属标识，代表着一份沉甸甸的责任。

“手不离闸把，眼不离前方，背不靠座椅，说话不对脸，吃饭不同时，沏茶不谦让。”这是“毛泽东号”机车组执行的“六不”安全值乘诀。单是一项背不靠座椅，一趟车跑下来，身体早已麻木，但必须严格按照操作规范执行。因为他们深知，自己是保证火车安全的最后一道关卡。

换　型
见证铁路发展大时代的到来

2014年，刘钰峰经历了两件终身难忘的大事——

7月1日13点38分，“毛泽东号”机车牵引着京九线K1071次旅客列车，由北京西站缓缓驶出，开往阜阳。这意味着“毛泽东号”彻底告别了68年的“货运”列车历史，从此作为客运列车使用。

12月25日15点25分，拉响风笛的“毛泽东号”，牵引T1次列车缓缓驶出北京火车站。车头上依然是金色毛泽东像，车身换成了更加醒目的红色。这是“毛泽东号”机车第五次换型，最高时速可达160公里。

从蒸汽机到内燃机再到电力机车，“毛泽东号”5次换型，使用过6台机车，见证了中国铁路事业的发展，更见证了新中国的建设、改革、发展。

“毛泽东号”机车每次换型，都伴随一个时代的到来。

1977年，“毛泽东号”结束了31年使用蒸汽机车的历史，更换为首批国产东风4型内燃机车0002号。一年后，改革开放拉开大幕。

1991年，“毛泽东号”机车第二次换型为东风4B型1893号内燃机车，以适应不断发展的铁路运输市场形势。第二年，改革开放掀起新一轮的热潮。

2000 年，“毛泽东号”机车第三次换型为动力更强劲的东风 4D 型 1893 号机车。这一年，党中央提出新世纪之初经济发展思路，铁路也实现了第三次大提速。

2010 年，中国进入高铁时代，为适应铁路改革形势的发展需要，“毛泽东号”机车第四次换型为和谐 3B 型电力机车。

2014 年，“毛泽东号”机车第五次换型为和谐 3D 型电力客运机车。这一年被视为全面深化改革元年。

换型，意味着新车型、新路线、新压力，一切要从头开始。

2014 年那次换型，刘钰峰带着大伙儿对沿途设备反复勘测，把 1593 公里、161 个车站、159 个弯道桥梁隧道、1070 架信号机全部铭记在心，并编制出上万字的平稳操纵手册，形成严格规范。

“毛泽东号”奔跑的速度越来越快，车头前的毛泽东像也悄然发生着变化。1978 年制作的 370 公斤车徽，曾经牵动了北京市 11 个局及其下属单位的力量。如今，车徽换成了更轻的碳纤维材质，重量降到 90 公斤。

每次看到旅客在车徽旁拍照的时候，刘钰峰打心底里觉得骄傲。

传　承
接过接力棒，跑好下一程

2012 年 4 月，刘钰峰接过师父赵巨孝双手递交的“闸把”，成为“毛泽东号”第十二任司机长。

2018年12月26日，在“毛泽东号”上工作近20年的刘钰峰又将同一“闸把”郑重传递给了徒弟王振强。

对历任司机长来说，“闸把”有特殊的含义：交出“闸把”的那一刻，意味着把全车安全和“毛泽东号”精神传承下去。“接过接力棒，就要跑好下一程。我觉得‘毛泽东号’的精神和文化就是靠师徒传承下来的。我一上车就是师父手把手教技术、教规范，然后我成了师父也带徒弟，这么一辈辈的传帮带，学习的是做事，更是做人。”刘钰峰说。

在“毛泽东号”机车组里，个个都是“五星司机”，平均年龄33.7岁。首席技师、高级技师、大学本科生……“毛泽东号”名气大，想来的年轻人络绎不绝，但必须经过严格的考核。

“在‘毛泽东号’机车上工作，不是来‘镀金’的。要把自己打磨出来，也许需要3年、5年，或者10年，要耐得住寂寞，吃得了苦，更得虚心向老师傅学习。”当年，刘钰峰跟年轻的王振强说了这段话。

11年里，王振强经受住了师父的“魔鬼式训练”，小到衣服扣扣子的位置，大到练习驾驶技术以毫米的精准度掌控手柄。“毛泽东号”机车组时常在整备线上练习火车头的连挂作业，把小木棒立在驾驶室的操纵台上，看谁操纵时木棒不倒；挂车时在车钩上放置倒满水的杯子，看看谁能做到一滴不洒。

要当“毛泽东号”的司机，不仅学技术，更要学吃苦、学责任、学奉献、学勤俭节约。有一年，王振强值乘货运任务，当时是内燃机车，车速慢，一趟跑下来需要十几个小时。火车进站后，他真想赶紧找张床睡一觉。但当准备下车时，他却看到老师傅们在机车上打起了地铺。一打听才知道，这是大家坚持多年的习惯——“人不离车”，而且这样可以让下一班交接的司机在宿舍多睡会儿。

“毛泽东号”已成为培养输出优秀火车司机的摇篮，也在一代代“五星司机”的传承中，把报效祖国、忠于职守、艰苦奋斗、永当先锋的“毛泽东号”精神发扬光大。

2019 年 9 月 18 日下午，“毛泽东号”机车又一次准备从北京西站出发。早早进站的旅客里，几位年长的老人兴奋地举起手机绕着机车留影，那场景就像遇见了心中的明星。

司机们透过车窗看到站台上引起的围观，微笑着朝旅客们挥了挥手，随后继续做着出发前最后一遍安全检查。

“出站信号绿灯……北京西站，客车 Z1 次列车启动！”18 时，伴随着一阵轰鸣，“毛泽东号”机车牵引满载旅客的列车驶出北京，开往毛泽东主席的故乡湖南长沙。

《工人日报》2019 年 9 月 30 日

北京市劳动模范王振强：勇往直前

◎ 王天淇

2019 年 8 月 6 日 8 时 16 分，由长沙开往北京的 Z2 次旅客列车——“毛泽东号”机车平稳地停靠在北京西站站台。这趟行程完成后，“毛泽东号”机车实现安全走行 1100 万公里，相当于绕地球 275 圈。

王振强永远记得那一天自己走出驾驶室的情景。“那天阳光灿烂，机车前部的金色毛主席头像车徽在阳光下更加耀眼，4 个烫金大字‘毛泽东号’闪闪发亮。”

王振强是“毛泽东号”机车组第十三任司机长。

2005 年 9 月 16 日，“毛泽东号”机车实现安全走行 800 万公里。那时，只有 19 岁的王振强初入铁路系统，有幸见证了这历史性的一幕。那天，当“毛泽东号”机车从身边缓缓启动发车时，王振强内心翻腾，他被深深地震撼了：“这台车太特别了！这到底是一台什么样的车？什么样的人才能驾驶这台车？”

1946 年，为了支援解放战争，哈尔滨机务段的工人们在中国共产党的领导下，经过 27 个昼夜的奋战，抢修出了一台蒸汽机车。1946 年 10 月 30 日，这台机车被命名为“毛泽东号”。

“能开这台车的司机都得经过严格选拔，无论是思想品德还是技术业务，都是高标准、严要求。”老师傅的一句话给王振强指明了努力的方向。他白天和师父学开车，夜里捧着书本背各种技规、行规、行车办法……

3 年后，经过考试，王振强终于如愿进入“毛泽东号”机车组。

“毛泽东号”第十二任司机长、全国劳模刘钰峰是王振强的师父。刚进机车组时，王振强觉得自己考上了司机，技术业务也不错，可师父的一次考试彻底打掉了他的骄傲自满。“师父在一个机车部件上布置了 3 次故障假设，让我找到故障点，结果我一次都没找到，特别懊恼。”也是从那时起，王振强懂得了，要时刻保持虚心的态度，做思想政治的合格人、安全行车的规矩人、运输生产的带头人。

2018 年接任“毛泽东号”机车组司机长后，王振强觉得，光自己会还不够，还要带动身边人学。在技术业务上，他对车组成员要求非常严格。为了提高大家应急故障处理能力，王振强制定了每月一考制度，每次考试项点覆盖全机车，不过关人员学不会、背不过就不上车。在他的带动下，机车组的学习氛围浓厚，成员们几乎个个都是业务上的行家里手。

2020 年，面对突如其来的新冠肺炎疫情，王振强第一时间组织机车组成员们召开党员大会，面对党旗庄严宣誓，郑重写下“请战书”。

“毛泽东号”机车担当的 Z1/2 次旅客列车作为丰台机务段唯一

穿越湖北、经停武昌的列车，疫情防控压力可想而知。王振强详细制定了12项防护措施并严格执行，带领机车组15人连续3个月不回家，轮流换岗，常住单位备班，为抗击疫情贡献力量。

首都劳动奖章、京铁工匠、北京市劳动模范、全国五一劳动奖章……王振强曾获得多个荣誉称号。在他看来，驾驶“毛泽东号”机车本身就是一份光荣，“我们要驾驶着‘毛泽东号’机车在新时代的道路上勇往直前。”

《北京日报》2022年1月19日

最美职工

新疆铁道勘察设计院有限公司乌鲁木齐国际陆港区中欧班列集结中心工程EPC项目部

ZUIMEI
ZHIGONG

坚持设计引领　践行工匠精神 在丝绸之路经济带核心区建设中砥砺前行

新疆铁道勘察设计院有限公司乌鲁木齐国际陆港区中欧班列集结中心工程 EPC 项目部，共有核心成员 35 人，平均年龄 30 岁，其中党员 22 名，在项目中他们辐射管理施工企业 20 余家，设备供应商 30 余家，统筹组织建造施工、装备制造等各类人员 3000 余人，承担了乌鲁木齐国际陆港区中欧班列集结中心工程的设计、采购、施工全过程。

EPC 项目部努力抓住经济发展的加速度，与时间赛跑，以设计为引领，弘扬工匠精神，创造了“陆港速度”，在短短 90 天内完成了项目一期工程建设，确保了 2018 年 12 月 1 日项目的开通运营。同时，90 天内完成了项目二期工程建设，并比原计划工期提前 90 天。

EPC 项目部于 2018 年获得新疆铁道勘察设计院有限公司劳动竞赛先进集体；2019 年获得中铁一院集团劳动竞赛先进集体；2020 年获得新疆维吾尔自治区安康杯优胜班组。

举旗定向

2013 年习近平总书记提出建设“一带一路”倡议。8 年的发展与奋进，“一带一路”建设作为承载时代使命的世纪工程，从理念转变为行动，由愿景化为现实，向着落地生根、高质量发展的阶段大步迈进，使千年丝路再次焕发出蓬勃生机。

随着“一带一路”建设的不断深入，新疆以“一港、两区、五大中心、口岸经济带”建设为抓手，积极融入“一带一路”，推动通道经济向产业经济和口岸经济转变，加快建设丝绸之路经济带核心区迫在眉睫。新疆维吾尔自治区党委政府及时谋划了“一带一路”核心区建设一系列的整体规划方案。新疆铁道勘察设计院有限公司在整体规划的指导下，发挥铁路专长完成了顶层设计工作。乌鲁木齐作为亚洲的地理中心和新疆最大的铁路枢纽，将乌鲁木齐国际陆港区中欧班列集结中心建设为双向集结的物流中心，成为“一带一路”建设中不可或缺的重要一环。

在推进世纪工程建设的前进道路上，新疆铁道勘察设计院有限公司坚决贯彻党中央决策部署，积极响应国家“一带一路”建设号召，主动融入丝绸之路经济带核心区建设，按照集货、建园、聚产业的发展思路，加强顶层谋划设计，经多轮比选研究，结合乌鲁木齐的区位优势，确定国际陆港区中欧班列集结中心的最佳建设地点，依托既有的乌鲁木齐西站编组站和海关多式联运中心，高起点、高标准、高质量规划设计，打造集结中心。

在工期紧、任务重和环境恶劣的极端困难条件下，EPC 项目部大力弘扬工匠精神和劳动精神，将技术和质量作为立身之本，依托技术优势，牢牢把握集结中心整体功能区布局，提出了设置货物装卸线、班列集结编发场、多式联运中心设施共享、海关监管作业区等配套设施的规划设计方案。充分发挥头雁引领作用，创新设计方案，由院总工程师、路基专业院副总工程师牵头，路基、地质等技术指导组成员和设计人员协同联动，统筹推进集结中心设计工作，围绕最大限度节约投资、节约用地、绿色环保等要素反复论证研究的方案多达 35 个，在此基础上才形成了最佳方案，通过 10 余天夜以继日、加班加点的奋力鏖战，圆满完成了项目设计任务，为集结中心现场施工建设节约了时间，为一期工程提前开通创造了先决条件。

奋勇拼搏

集结中心工程占地面积 960 亩，工程主要包含存车场改造、4 条专用线改造、Ⅲ场改造、联络线（含王家沟专用线）、新建装卸区 H3 和 H4 线工程等系列工程。项目工期紧、设计难度大、施工难度高。面对异常繁重的工程任务，EPC 项目部敢打敢拼，用责任和担当描绘出丝绸之路经济带核心区美好发展蓝图。

加班加点成为常态。工程立项后，设计工作近在眼前，原计划 120 天完成的勘察设计，必须在 40 天全部完成，所有的工序必须压茬推进，现场测绘、勘探工作必须紧密衔接，30 多个昼夜，项目人员放弃周末和节假日，全部奋战在一线，勘测、设计、施工同步进行，集结中心工程 EPC 项目部凌晨 2 点前灯火通明，项目人员夜以继日、加班加点已成常态。

超负荷运转摆在眼前。EPC 项目实地调研，摸清工地附近机关企业、居民分布状况及作息时间、生活习惯和交通情况，最大限度减少对周边单位和居民的打扰。主动登门，与铁路、交警、电力、环卫、供水等部门协调解决专用线改造、施工运输、临时用电、环保和施工用水等诸多难题，协调 10 余家商混站解决混凝土供应和机械设备不足等问题。仅用 7 天，项目部就将涉及集结中心工程建设的市政部门跑遍了，协调商议解决问题 800 余个，为工程顺利建设奠定了基础。

精细化组织创造“陆港速度”。集结中心工程现场施工人数多，开放施工面积大，组织难度高，单土方挖运一项就达 320 余万立方米，还要满足装卸区集装箱堆场和挡土墙混凝土浇筑、铁路线铺设等“卡脖子”工程。为此，EPC 项目部昼夜不间断作业，以每日 8 万立方米、运输 3000 余车次的速度向前掘进，仅用 40 天就完成了挖运工作。进入冬季，乌鲁木齐连续多场降雪，气温骤降，对混凝土浇筑作业影响很大。为保证工期质量，EPC 项目部会同施工单位研究冬季施工方案，紧急采购 8000 条棉被给大桥施工区和挡土墙“穿衣盖被”，搭设保温棚 24 小时供应暖风，采用早强混凝土和速凝剂等有效措施，解决了冬季作业环境恶劣、作业难问题。

短短 90 天，EPC 项目部投入施工人员 2000 余人，设备 1000 余台（套），完成 16.5 公里轨道和 44 组道岔铺设，320 万方土方开挖，在零下 18 摄氏度的风雪天气下完成道岔拨接，创造了令人惊叹的“陆港速度”，赢得了业界的掌声和赞誉。

勇于创新

科技创新大潮澎湃，千帆竞发勇进者胜。EPC 项目部解放思想、转变观念，紧紧抓住总承包工程设计、采购、施工“三位一体”管理全过程，本着向业主交钥匙的一站式管理理念，努力打造创新型项目部。

管理创新，保障工程顺利推进。集结中心工程意义重大，在极端困难面前，EPC 项目部从大局出发，以管理创新为抓手，按照工程质量、安全、人员同部署、同推进、同落实、同检查的工作思路，大胆创新，上下联动、统筹协调；组织领导方面，成立了以董事长、院长为组长，以各业务处室主要负责人为组员的建设领导小组；技术质量方面，成立了由院总工程师牵头，站场、地质、路基、桥涵、

◆ 道岔拔接施工现场

房建等专业院副总工程师及各处组成的技术指导组，抽调骨干力量，集中优势保障工程推进。

“群雁”齐飞，创新成果不断涌现。工程建设中，EPC 项目部始终保持创新精神，一项项创新成果不断涌现。集结中心场区规模大，各类管线道路排水沟繁多，总体组按照企业创新要求，积极与 BIM 创新团队对接，学习 3D 建模知识，通过建立 BIM 模型，将各专业的设施设备在平面图中进行呈现，找出管线、道路等之间出现冲突部分，为现场施工提供了宝贵依据。同时，集结中心作业流线优化方案、多功能滑触线设计等 3 项创新成果在工程建设中得到应用。

铸就辉煌

集结中心工程建成开通运营后，由乌鲁木齐集结出发的中欧班列开行线路达 21 条，覆盖 19 个国家 26 个城市，累计开行 4000 余列；运载货物由最初的日用百货、服装产品拓展至机械设备、水暖建材等 200 多个品类，班列运行发展速度和规模已处于全国同领域领先地位。项目的建成让新疆经济发展搭上了“一带一路”的快车道，真正使新疆从原来内陆“口袋底”变成向西开放前沿门户，也使新疆成为丝绸之路经济带上开放型产业高质量、规模化发展新的增长极。

2020 年，由乌鲁木齐集结开行的国际班列为 1060 列，跃居全国班列第五位。其中，中亚班列 1028 列，位居全国首位。

披荆斩棘，昂扬的是精神力量；击鼓催征，不变的是追梦步伐。征途漫漫，使命光荣，新疆铁道勘察设计院有限公司乌鲁木齐国际陆港区中欧班列集结中心工程 EPC 项目部弘扬工匠精神，奔跑在丝绸之路经济带核心区建设的路上，他们一路爬坡过坎，拼搏奋进，为促进乌鲁木齐市乃至全疆经济社会发展作出了应有的贡献，开启了中亚班列崭新的序幕，推动了新疆从通道经济向口岸经济和产业经济转变，实现了新疆以国内大循环为主体、国内国际双循环相互促进的新发展格局，实现了新疆高质量发展的新篇章。

全国总工会宣教部供稿

90 天创造“陆港速度”

◎ 吴铎思

开行线路达 21 条，覆盖 19 个国家 26 个城市，累计开行 4000 余列。货物从最初的日用百货、服装拓展到机械设备、水暖建材等 200 多个品类的产品……这是乌鲁木齐国际陆港区中欧班列集结中心交出的“成绩单”。

将图纸变为现实，背后有一个建设团队在持续付出。它就是新疆铁道勘察设计院有限公司乌鲁木齐国际陆港区中欧班列集结中心工程 EPC 项目部。在短短 90 天内，项目部完成了一期工程建设，创造了“陆港速度”。近期，该项目部获评全国工人先锋号。

形成最佳方案

“40 天完成设计，整个项目时间缩短 1/3，工作难度很大。”集结中心 EPC 项目设计负责人张洪涛回忆道。

在“一带一路”系列规划中，位于亚欧腹地的新疆，以“一港、两区、五大中心、口岸经济带”建设为抓手，推动通道经济向产业经济和口岸经济转变。在交通物流方面，为提高进出口货物的运输效率，乌鲁木齐计划建设一座国际陆港区中欧班列集结中心。新疆铁道勘察设计院有限公司发挥专长，着手设计这项工程。

“这个项目设计既要掌握中欧班列的发展趋势，又要了解需求量。要根据实际情况，设计出满足作业需求和长远发展的场站。”张洪涛说。

选址是设计的首要任务。结合新疆地质地貌、乌鲁木齐国际陆港区整体布局和周边场站功能衔接，参考中欧班列的运行条件和运输资源，最终将中欧班列集结中心选定在乌鲁木齐西站。这里既是国内外货物流通的必经之站，也是新疆最大的编组站，在这里能够将同一去向的班列进行整合，统一发出。

为确保工程的施工进度，该项目依托技术优势，采取EPC模式，即设计、施工同步进行的方式。在初步构想提出后，由新疆铁道勘察设计院总工程师、路基专业院副总工程师牵头，协调联动路基、地质等技术指导组成员和设计人员勘探现场，进行设计。围绕节约投资、节约用地、绿色环保等要素反复论证，研究方案多达35个，经过10余天奋战，最终形成最佳方案。

精准的设计方案不仅为现场施工节约了时间，还为一期工程提前开通创造了条件。

确保施工不扰民

整体设计方案中，集结中心工程占地面积960亩，涉及一些建筑物的拆迁工作。

项目施工团队全程秉持着“宁愿超负荷运转，也要确保施工不扰民”的原则。在拆迁过程中，施工要经过一家劳务公司的仓库院子，将院子一分为二，集结中心EPC项目施工副经理高科带领施工团队帮助劳务公司找新场地，用近半个月的时间终于将该公司的物资全部搬离。

不仅如此，在项目开展期间，EPC项目部进行了实地调研，摸清了工地附近机关、企业、居民分布状况后，第一时间掌握他们的作息时间、生活习惯和交通情况，尽可能减少对周边单位和居民的打扰。

对于不可避免的情况，项目部主动寻找相关部门，与铁路、交警、电力、环卫、供水等部门协调解决专用线改造、施工运输、临时用电、环保和施工用水等诸多难题。7天时间，项目部跑遍所有涉及集结中心工程建设的市政部门，协调解决问题达800多个。

克服施工难题

如此大的施工面，如此多的施工人数，现场组织难度很高。仅土方挖运一项就达320余万立方米，动员了80多台挖掘机、800多辆土方车，24小时换工不停车地干，历经40天，才完成了挖运工作。

“工程越到后面，需要协调的部门就越多。工期短，工种之间会产生工作冲突，需要不停协调。”高科说，在现场还要满足装卸区集装箱堆场和挡土墙混凝土浇筑、铁路线铺设等工程。

除此之外，最难的还是营业线施工。施工队得利用好火车空档期，抓紧时间插入道岔，这就像电工带电接线一样，要在断电的瞬间接好线路。该工程有 44 组道岔需要安装，每一次都要申请 1—2 个小时的火车“空档期”。就这样，来来回回一个多月，44 个道岔才全部安装完成。

“最难的时候我们工人 3 班倒，24 小时作业，还要确保工程质量。”高科说道。

进入冬季后，乌鲁木齐连续降雪，气温骤降，对混凝土浇筑作业影响很大。EPC 项目部就会同施工单位研究冬季施工方案，紧急采购 8000 条棉被给大桥施工区和挡土墙“穿衣盖被”，搭设保温棚，24 小时供应暖风。采用早强混凝土和速凝剂等有效措施，确保冬季正常施工。

2000 多名施工人员、1000 多台设备、短短 90 天的时间，EPC 项目部完成了 16.5 公里轨道和组道岔铺设、320 万方土方挖掘，在零下 18 摄氏度下完成道岔拨接的工程。

2020 年，从乌鲁木齐集结开行的国际班列有 1060 列，跃居全国班列第五位。其中，中亚班列 1028 列，位居全国首位。

《工人日报》2021 年 5 月 15 日

汗水匠心铸品质

——记全国工人先锋号新疆铁道勘察设计院有限公司乌鲁木齐国际陆港区中欧班列集结中心工程 EPC 项目部

◎ 逯风暴

“尽管已经过去了两年多时间，可我对当时加班加点、拼搏建设的工作场景仍记忆犹新。”2021 年 4 月 26 日上午，时任中铁第一勘察设计院集团有限公司新疆铁道勘察设计院有限公司乌鲁木齐国际陆港区中欧班列集结中心工程 EPC 项目部设计负责人张洪涛说。

乌鲁木齐国际陆港区中欧班列集结中心工程占地面积 960 亩，主要包含存车场改造、4 条专用线改造、联络线（含王家沟专用线）建造和装卸区 5 条作业线路建造等系列工程。2018 年 8 月，乌鲁木齐国际陆港区中欧班列集结中心工程 EPC 项目部组建，共有核心成员 35 人，平均年龄 30 岁，其中 22 名党员。他们辐射管理施工队伍 20 余个、设备供应商 30 余家，建造施工、装备制造等各类人员 3000 余人，承担了中欧班列集结中心工程的设计、采购、施工全过程。

“一期工程要于当年12月3日开通运营，项目工期紧、设计要求高、施工难度大。”张洪涛说。

工程立项后，原本需120天完成的勘察设计要在40天内完成，所有的工序必须压茬推进。30多个昼夜，项目人员放弃周末和节假日，全部奋战在一线，勘测、设计、施工同步进行，加班加点成常态。

“当年，我爱人怀有身孕，我顾不上陪她去医院检查。10月9日孩子出生，我在医院短期陪护后又马上返回岗位。”张洪涛回忆。

集结中心工程现场施工人数多，开放施工面大，组织难度高，仅土方挖运就达320余万立方米。项目部昼夜不间断作业，以每日8万立方米、运输3000余车次的速度推进，40天就完成了挖运工作。同时攻克了装卸区集装箱堆场和挡土墙混凝土浇筑、铁路线铺设等“卡脖子”工程。

进入冬季，为确保工程进度和质量，项目部采购了8000条棉被给大桥施工区和挡土墙“穿衣盖被”，搭建保温棚24小时供应暖风，采用早强混凝土和速凝剂等，解决了冬季作业难问题。

就这样，项目部与时间赛跑，在短短90天内完成了项目一期工程建设，创造了令人惊叹的“陆港速度”。2019年，又在90天内完成了项目二期工程建设，比原计划工期提前90天。

由于全体人员的艰辛付出，项目部于2018年获得新疆铁道勘察设计院有限公司劳动竞赛先进集体称号；2019年获得中铁一院集团劳动竞赛先进集体称号；2020年获得新疆维吾尔自治区安康杯优胜班组称号；2021年4月27日，被授予全国工人先锋号荣誉称号。

《新疆日报》2021年4月28日

用 90 天创造“陆港速度”

◎桑　茜

21 条中欧班列线路，运输网络通达 10 余个国家和地区，出口产品达 200 多个品类……这是乌鲁木齐国际陆港区中欧班列集结中心的“成绩单”。

从图纸变为现实，背后是一个建设团队的付出。这个团队就是新疆铁道勘察设计院有限公司乌鲁木齐国际陆港区中欧班列集结中心工程 EPC 项目部（以下简称 EPC 项目部）。

2018 年 12 月 1 日，乌鲁木齐国际陆港区中欧班列集结中心工程开通运营。这项原本需要一年的工程，实际只用了 90 天。创造了令人惊叹的“陆港速度”。2021 年，该项目部获得全国工人先锋号荣誉称号。

“项目部共有核心成员 35 人，平均年龄 30 岁，其中 22 名党员。在项目中，他们辐射管理施工企业 20 余家，设备供应商 30 余家，统筹组织建造施工、装备制造等各类人员 3000 余人，承担了乌鲁木齐国际陆港区中欧班列集结中心工程的设计、采购、施工全过程。”6 月 21 日，EPC 项目经理冯欣向记者介绍。

工程立项后，原本需 120 天完成的勘察设计，必须在 40 天内全部完成。“30 多个昼夜，项目部工作人员放弃周末和节假日，全部奋战在一线，勘测、设计、施工同步进行，加班加点成常态。”EPC 项目设计负责人张洪涛回忆道。

乌鲁木齐国际陆港区中欧班列集结中心工程占地 960 亩，相当于 200 个足球场。集结中心施工现场人数多，开放施工面积大，组织难度高。仅土方挖运一项就达 320 余万立方米，还要解决装卸区集装箱堆场和挡土墙混凝土浇筑、铁路线铺设等“卡脖子”问题。为此，EPC 项目部以每日挖运 8 万立方米、运输 3000 余车次的速度向前掘进，仅用 40 天就完成了挖运工作。

“除此之外，最难的还是营业线施工。施工队得利用好火车空档期，抓紧时间插入道岔。这就像电工接线一样，要在断电的瞬间接好线路。该工程有 44 组道岔需要安装，每一次都要申请 1—2 个小

◆ 项目设计人员研究方案

时的火车‘空档期’。就这样，来来回回一个多月，44 组道岔才全部安装完成。”EPC 项目站场工程师宋静说。

乌鲁木齐的冬季漫长而寒冷，对混凝土浇筑作业影响很大。为保证工期质量，EPC 项目部紧急采购 8000 条棉被给大桥施工区和挡土墙“穿衣盖被”，搭设保温棚并 24 小时供应暖风，采用早强混凝土和速凝剂等有效措施，解决了冬季作业环境恶劣、作业难等问题。

90 天时间，EPC 项目部投入施工人员 2000 余人，设备 1000 余台，完成 16.5 公里轨道和 44 组道岔铺设，320 余万立方米土方开挖，在风雪天气下完成道岔拨接，创造了令人惊叹的“陆港速度”。

乌鲁木齐国际陆港区中欧班列集结中心项目的建成，结束了新疆没有“五定”国际班列的历史，全面开启了中亚班列的新时代，对构建新疆丝绸之路经济带核心区地位，打造新疆向西开放与向东联动的陆港型物流体系，促进新疆以国内大循环为主体、国内国际双循环相互促进的新发展格局，推动新疆从通道经济向口岸经济和产业经济的转变，助推新疆高质量发展具有重要作用。

《工人时报》2021 年 6 月 24 日

最美职工

视频·链接

ZUIMEI

ZHIGONG

中央宣传部、全国总工会联合发布2021年“最美职工”先进事迹

为深入学习贯彻习近平总书记关于工人阶级和工会工作的重要论述特别是在全国劳动模范和先进工作者表彰大会上的重要讲话精神，大力弘扬劳模精神、劳动精神、工匠精神，团结动员亿万职工为实现“十四五”规划目标任务贡献智慧和力量，以优异成绩迎接建党100周年，在五一国际劳动节来临之际，中央宣传部、全国总工会向全社会公开发布2021年“最美职工”先进事迹。

容易、李国平、包文杰、夏广新、温小珍、王书玉、燕占飞、马健、王振强9名个人和新疆铁道勘察设计院有限公司乌鲁木齐国际陆港区中欧班列集结中心工程EPC项目部，都是来自生产一线的劳动者和群体。他们常年扎根基层一线，有的努力为航天强国建设奉献巾帼力量；有的精于钻研，荣获国家科技进步奖；有的积极投身国家特高压输电线路重点工程建设和运维工作；有的承担国家多项重大医药课题研究；有的从农民工成长为车间“定海神针”；有

的培育出我国黄淮稻区主导品种；有的主动请缨投身抗击新冠肺炎疫情武汉保卫战；有的参与和主持了上百座桥梁的设计；有的驾驶英雄机车续写新时代的骄人业绩；有的为我国企业“走出去”提供稳定的国际物流保障……他们在平凡岗位上做出不平凡的业绩，在实现中国梦伟大进程中拼搏奋斗、争创一流、勇攀高峰，用智慧和汗水营造了劳动光荣、知识崇高、人才宝贵、创造伟大的社会风尚，谱写了“中国梦 · 劳动美”的新篇章。

发布仪式在中央广播电视总台举行，现场播放了“最美职工”先进事迹的视频短片，从不同侧面采访讲述了他们的工作生活感悟。中央宣传部、全国总工会负责同志为他们颁发了“最美职工”证书。

新华社北京 2021 年 4 月 30 日电

《闪亮的名字——2021 最美职工发布仪式》，中央广播电视总台，2021 年 4 月 30 日